다시 한 번 4

손종호 장편소설

초판 1쇄 찍은 날 § 2016년 5월 3일
초판 1쇄 펴낸 날 § 2016년 5월 12일

지은이 § 손종호
펴낸이 § 서경석

편집책임 § 고승진

펴낸곳 § 도서출판 청어람
등록번호 § 제387-1999-000006호
등록일자 § 1999. 5. 31
어람번호 § 제1-2420호

주소 § 경기도 부천시 원미구 부일로 483번길 40 서경B/D 3F (우) 14640
전화 § 032-656-4452 팩스 § 032-656-4453
http://www.chungeoram.com
E-mail § chungeorambook@daum.net

ⓒ 손종호, 2016

ISBN 979-11-04-90790-6 04810
ISBN 979-11-04-90670-1 (세트)

손종호 장편 소설

FUSION FANTASTIC STORY

다시 한 번

4

도서출판 청람

다시
한번

목차

1장

시작

2006년 2월.

　　군대를 다녀온 사내놈들이라면 술자리에서 한 번쯤은 말했을 일이 내겐 현실로 일어났다.
　　젠장, 군대를 두 번이나 가게 될 줄이야.
　　눈앞에 보이는 훈련소를 보니, 착잡하기만 하다.
　　"그럼, 다녀오겠습니다."
　　"그래. 남자라면 군대는 갔다 와야지. 잘하고 와."
　　어깨를 두드려주시며 아버지께서 하신 말씀에 어머니께서

기어코 눈시울을 붉히셨다.

과거에도 한 차례 경험했던 일이지만, 역시 어머니의 눈물을 보는 건 쉽지 않았다.

"이 양반은 아들이 간다는데 몸조심해라, 뭐 이런 말은 못해 줄망정 지금 그걸 말이라고 해요!"

"저놈만 가나. 다 한 번씩 다녀오는 건데 뭘 그리 유난을 떨어."

"뭐라고요?!"

"엄마, 저 잘 다녀올 테니까 걱정 마시고 그만 진정하세요."

"어휴, 내 새끼……."

입대를 하는 아들의 말에 화내는 것도 잊은 채, 나를 끌어안고 울먹이시는 어머니를 간신히 달래고 나서야 세나와 예슬이에게 작별 인사를 할 수 있었다.

"애들 전역할 때 되니까 니가 들어가네?"

"그러게 말이다. 별수 있나. 가라는데 가야지."

"잘 다녀와."

"그래. 너도 잘 지내라."

"예슬아, 너 승민이한테 할 말 없어?"

세나가 시무룩한 예슬에게 말을 걸었지만, 그녀는 그저 고개를 저을 뿐이었다.

"야, 니가 그런 얼굴하고 있으면 신경 쓰여서 내가 어떻게 가냐."

"내가 뭐……."

태연한 척 고개를 드는 녀석이 귀여워 머리를 어루만져 주자, 조그만 목소리로 예슬이 말했다.

"편지 쓸 테니까 꼭 답장해. 안 하면 죽어?"

"그래, 그럴게."

훌쩍거리며 편지를 쓰라는 예슬의 말까지 듣고 나니, 더 있다간 나까지 우울해질 것 같아 괜히 짧은 머리를 긁적이며 가족과 친구들에게 작별을 고했다.

3년이라……. 길기도 하네.

*　　　*　　　*

군대에서의 규칙적인 생활이 몸에 밴 덕에 자연스럽게 떠진 눈을 비비며, 방 안에서 핸드폰을 찾아 시간을 보니 6시였다.

"그럼 오늘도 하루를 시작해 볼까."

방에서 나와 습관처럼 어깨에 수건을 걸치고, 화장실로 향해 쏟아지는 물줄기를 맞으며 할 일을 정리했다.

스— 스—

"아, 그게 11시까지였나? 이거 아침부터 바쁘겠구만."

옷장을 여니, 이젠 익숙한 군복이 눈에 들어왔다.

"후, 보기만 해도 토 나올라 그러네."

한 번 군 생활을 했었기에 쉬울 줄 알았건만, 개뿔······.

움직이기 싫다는 듯 꼼짝도 안 한 채 게으름을 피우는 시간은 나를 괴롭혔었다.

꼴 보기도 싫은 군복을 옆으로 치우며, 양복을 꺼내 옷장 손잡이에 걸었다.

똑똑.

"아들, 밥 먹어야지."

"예, 엄마. 금방 나갈게요."

대충 추리닝을 걸치고 거실로 나가자 아버지께서 식탁에 앉아 신문을 보시고 계셨다.

"아빠, 안녕히 주무셨어요?"

인사를 들은 아버지께서 보시던 신문을 접으며 자리에 앉으라고 권하셨다.

"그래, 어서 앉아라. 밥 먹자."

한참 식사를 하던 중, 어머니께서 걱정된다는 목소리로 물으셨다.

"근데 검사임용인지 뭔지는 된 거야?"

"예. 며칠 전에 말씀드렸잖아요. 지금 발령대기 중이에요. 아마 이번 달 말이나, 다음 달 초면 발령 받을 것 같아요."

"그래? 어디로 가는지 모르고?"

"예. 그건 발령받아 봐야 알 것 같아요."

발령대기라는 말에 안색이 밝아지셨던 어머니의 표정은 다시 어두워졌다.

"그러다 괜히 힘들게 이상한 데로 가면 어떡하니?"

문준이 형이 강원도 춘천에서 근무를 하고 있다는 이야기를 들었던지라, 섣불리 말을 꺼내기가 어려웠다.

"그래도 이쪽 근방에는 떨어지지 않을까요……?"

"에휴……."

어머니께서 한숨을 내쉬는 모습에 아버지께서 결국 한소리 하셨다.

"이 여편네가 남들은 다들 부러워하는 마당에 부정 타게 왜 한숨을 쉬고 난리야? 괜히 어디서 그런 소리 하지 말어."

"누가 몰라요. 그래도 얘가 괜히 고생할까 봐 걱정이 되어 그렇죠."

아이고, 별것도 아닌 일로 왜들 이러시는지……. 어쩔 수 없나.

"아! 맞다. 아버지, 저 차 좀 쓸 수 있을까요?"

"응? 갑자기 차는 왜?"

이런 부탁을 한 적이 없던 내가 갑자기 차를 쓴다고 하자 궁금하셨는지, 두 분 모두 식사를 멈추시곤 이쪽을 바라보고 계셨다.

"아는 형이 오늘 결혼식이라고 해서, 친구들이랑 같이 가려고요."

"내가 모르는 걸 보면 이 동네 사람은 아닌가 보구나."

"예. 서울에서 하숙할 때 알게 된 사이라서 모르실 거예요."

"그래. 그럼 운전 조심히 하고 잘 다녀와."

알겠다는 듯 고개를 끄덕이신 아버지께서 차키를 건네주시자 어머니께서 물어오셨다.

"근데 승민아, 그 형이란 사람은 나이가 어떻게 되니?"

"아, 스물아홉이요."

"그럼 너랑 2살 차이네?"

하아……. 어머니의 눈빛에서 무엇을 말씀하고 싶은지 알아채고 말았다.

"그러네요……."

이럴 줄 알았으면 그냥 가만히 있을걸.

"우리 승민인 언제 가려나?"

식사 시간 내내 은근히 눈치를 주는 어머니 때문에 밥이 코로 넘어가는지, 입으로 넘어가는지 모를 정도로 빠르게 식사를 마쳐야 했다.

"예, 형. 거의 다 왔어요."

—그래, 알았어. 누나가 너 늦으면 알아서 하래.

아직 식이 시작되려면 1시간은 남았구만, 저런 말을 하는 걸 보면 지수 누나한테 달달 볶인 모양이다.

"민우 오빠가 뭐래?"

같이 결혼식장으로 향하던 예슬이 궁금한지 전화를 끊자마자 물어왔다.

"빨리 오래. 지수 누나 화났다고."

"허얼, 이제 10시 10분인데? 결혼식 11시까지 아니었어?"

"너도 알잖냐. 그 성격 어디 가겠냐?"

"히히. 그래도 언니만 한 사람이 어딨어?"

글쎄, 그랬던가? 아무리 생각해도 공감이 안 되는데…….

아무튼 예슬과 이야기를 나누는 사이 도착한 결혼식장엔 역시나 아직 이른 시간대라 입장을 하는 하객은 몇 명 없었다.

그래도 결혼식 한다는 양반이라 말끔하네.

식장 앞에서 하객을 맞이하는 민우 형에게 향하고 있을 때, 신부 측에 서 계시던 하숙집 아주머니께서 나를 발견하곤 반갑게 다가 오셨다.

"어머! 이게 누구야? 승민이 왔어?"

"안녕하세요, 아줌마."

"군대 갔다더니, 전역한 거야?"

"예, 올해 전역했어요."

"얼마 안 됐네~ 근데 옆에 아가씬 혹시 애인이야?"

"예, 맞아요. 예슬아, 지수 누나네 어머니셔 인사드려."

"안녕하세요, 김예슬이라고 합니다."

"그래요. 예슬 씨 반가워요. 승민이가 잘해줘요?"

"네? 네……."

"표정을 보니까, 아닌 것 같은데?"

"아, 아니에요! 잘해줘요."

아주머니께선 예슬의 당황하는 모습이 귀여우신지, 몇 마디 농담을 더 하시곤 내게 귓속말을 하셨다.

"아가씨가 참하네. 꼭 잡아."

"예, 그럴게요."

"그래. 와줘서 고마워. 이러다 우리 사위 목 빠질지도 모르니까 얼른 가 봐."

아주머니의 말씀에 옆을 보자 민우 형이 이쪽을 뚫어져라 보고 있었다.

아이고, 형도 참.

"안녕하세요. 오빠, 결혼 축하드려요."

"고맙다, 예슬아."

"이야, 형, 그나저나 이거 몰라보겠는데요?"

"그렇지? 내가 봐도 좀 괜찮은 것 같아."

한번 띄워주자 옷매무새를 정돈하더니, 새신랑이 채신머리

없이 보란 듯이 한 바퀴 턴을 하신다.

그러다 다치면 신혼 첫날부터 뭔 욕을 들으려고 그러시나.

"허리 나가면 어쩌려고 그래요."

"야, 내가 이 정도로 다칠 것 같아?"

"글쎄요… 그건 밤이 되어 봐야 아는 거 아닌가?"

"진짜… 적당히 하죠."

우리의 대화를 듣고 있던 예슬의 매서운 눈빛에 서둘러 화제를 돌렸다.

"근데 무슨 결혼식을 이렇게 갑자기 해요? 제대한 지 일주일밖에 안 돼서 머리도 이 모양이구만……."

"어쩌겠냐? 생일이 지나기 전에 결혼을 해야 된다는데."

민우 형이 신부 측의 눈치를 보며 조용히 속삭였다.

가만있자, 2009년이니까, 생일이 지나면 서른? 누나도 참, 아직도 자기 편한 대로 사는구만.

"형이 고생이 많네요."

"고생은 무슨, 나름 귀엽지 않냐? 어쨌든 난 이만 손님을 맞아야겠다. 오늘 와줘서 고맙다."

"예. 형, 결혼 축하드려요."

신랑 측 손님으로 보이는 중년의 남성에게 인사를 건네는 팔불출 형을 뒤로한 채 신부대기실로 향했다.

"오빠도 참… 주책이야."

그러게 말이야.

"어쩌겠어? 그러려니 하는 거지."

"언니는 안 그랬으면 좋겠는데……."

그런 예슬의 마음을 알았는지, 지수 누난 평소와 다름없는 모습으로 우릴 맞아주었다.

"근데 왜 이렇게 늦었어?"

"누나, 늦긴요. 우리 말고 온 사람 하나도 없더만."

"그래. 오랜만에 동생 얼굴 좀 보고 싶어서 일찍 좀 불렀다! 왜, 그래서 불만이야?"

"불만은요. 이렇게 왔잖아요."

"근데 승민이 너 군대 갔다 오더니, 왠지 변한 거 같다?"

"언니, 조금 늙었죠?"

"하하하. 그러고 보니 그런 거 같은데?"

…아주 신들이 나셨구만.

뭐, 일찍 오라고 성화여서 혹시 결혼을 앞두고 우울해하는 건 아닌가 걱정했던 누나가 예슬이와 웃고 떠드는 모습을 보니 오히려 안심이 됐다.

"근데 부케는 예슬이가 받을래?"

"예? 아니요!"

"어머? 애 놀라는 것 좀 봐. 승민이 너 긴장 좀 해야겠다?"

"아이고, 그건 제가 알아서 할 테니 누난 이제 식 준비 하세요."

슬쩍 시계를 한번 본 누나가 아쉬워하며 고개를 끄덕였다.

"그래야겠네. 오늘 와줘서 고마워."

"예. 결혼 축하드려요, 누나."

*　　　　*　　　　*

이제부터 시작인가.

민우 형의 결혼식이 있고 얼마 후 예정보다 빠른 4월 중순 무렵, 발령받은 서울중앙지검에 도착하고 나니 장남수 사건 당시, 박 형사님께서 검찰청에 올 일은 절대 하지 말라며 농담을 건네던 일이 떠올랐다.

그땐 그럴 일 없을 거라고 웃어넘겼는데, 이렇게 직장이 될 줄이야.

"오늘부터 우리 형사 3부에서 함께 일하게 된 신입 검사인 최승민 군입니다. 앞으로 여러분들이 많이 도와주시기 바랍니다."

"최승민이라고 합니다. 잘 부탁드립니다!"

그리 크지 않은 회의실에 앉아 있는 형사 3부 검사들에게 인사를 하자, 부장 검사님께서 그들을 한 명씩 소개해 준 후, 그중 160센티가 조금 넘어 보이는 조그마한 사내의 어깨를 툭 치며 말했다.

"임 검사, 어제 말했듯이 자네가 맡아서 일 좀 알려줘."

흐음, 수습기간이란 건가?

두 달간의 검찰 실무 경험이 고작인 내가 아무것도 모른 채 사건을 맡아봤자, 제대로 처리할 리 만무하니 오히려 잘된 일이겠지.

"예. 알겠습니다, 부장님."

부장님께 대답을 하는 임 검사의 똘망똘망한 눈동자엔 장난기가 가득해 보였다.

"어이, 신입. 거기서 뭐 하노, 따라온나?"

부장검사가 나가자마자 본색을 드러낸 고참 검사들에게 시달릴 땐 가만히 지켜만 보던, 임 검사가 씨익 웃는 모습에 주먹이 부르르 떨려왔다.

그래도 어쩌랴. 신참은 언제나 약자인걸.

"예, 선배님. 죄송합니다."

"하! 선배?"

어린아이가 떼를 쓰는 것 같은 높고 얇은 목소리가 귀에 거슬렸다.

"세상 많이 좋아졌네~ 선배?"

"예? 그럼 호칭을 어떻게 하면 좋을까요?"

"뭐~? 그냥 그렇게 불러라. 인마 재밌네."

후, 땅콩만 한 게 인내심 테스트 하는 것도 아니고 지금 장난하나.

"뭘 알려줘야 되나~"

임 선배가 멈춰 선 문 옆에 임성운이라고 쓰여 있는 걸 보니 여기가 그의 사무실인 것 같았다.

"일단 들어가자고. 웰꼼 투 더 헬~"

발음이나 똑바로 하든가……. 이 인간은 어째 마음에 드는 구석이 하나도 없어.

"자, 다들 주목해 주세요."

방에 들어서자 임 선배는 업무를 처리하고 있는 직원들에게 나를 소개해 줬다.

"오늘부로 형사 3부에 배속된 따끈따끈한 신참 최승민 검사예요. 제 밑에서 몇 달 동안 업무를 배우게 됐으니 다들 잘 대해주세요."

임 선배의 말이 끝나자, 입술에 점이 있는 중년의 사내가 손을 내밀었다.

"최 검사님, 하장원이라고 합니다. 하 수사관이라고 불러주시면 됩니다."

"예, 하 수사관님. 잘 부탁드립니다."

그와 인사를 나누고 나자, 20대 후반으로 보이는 귀여운 여성이 다가왔다.

실무관인가?

"이요원이라고 합니다. 잘 부탁드려요."

"예. 잘 부탁드립니다."

"마~ 그면 통성명은 다 한 거 같고, 일 좀 시작해 볼까나."

임 선배가 자신의 자리 옆에 비어 있는 책상을 툭툭 손으로 치며 말했다.

"최 검사, 여기가 자네 자리야."

이거 왠지 어린아이한테 교육을 받는 기분이다.

"검찰 실무 때 배웠던 거 기억나나?"

"예. 배웠던 것들은 대부분 기억납니다."

"이거 봐라. 완전 에이쓰구만. 스물일곱이라고 할 때부터 느낌이 왔다! 그래도 오늘은 첫날이니까 대충 어떻게 돌아가는지 알려줄게."

해맑게 웃는 그를 보자, 왠지 오늘 하루가 길어질 것 같은 느낌이 들었다.

*　　　　*　　　　*

"이기 뭐꼬! 하 수사관님, 하루 이틀도 아니고, 계속 이따구로 처리하면 나보고 어쩌란 겁니까! 대체 수사를 하란 거예요! 말란 거예요!"

또 시작인가……. 출근하자마자, 임 선배의 앵앵거리는 소리가 사무실 밖까지 들려왔다.

한숨을 내쉬며 문을 열고 들어가자, 또 뭐가 그리 마음에 안 드는지, 뿔이 난 선배가 팔짝팔짝 뛰며 난리도 아니다.

"선배님, 진정하세요. 무슨 일인지 모르겠지만, 이런다고 해결될 일도 아니잖아요."

"아씨. 최승민, 너 손 안 치우나?"

제발, 더도 말고 덜도 말고 딱 김 검사님의 반만 닮았으면 좋겠는데, 동기라면서 어쩜 이리 다른지…….

결국 오늘도 개차반 씨를 달래는 것으로 일과가 시작됐다.

"왜 그러신 건데요?"

"그 뻑치기 사건 알지?"

뻑치기 사건이면… 며칠 전에 미친놈들이 은행 앞에서 벽돌로 사람 치고 돈 들고 튄 걸 말하는 건가?

"아, ○○은행 사건 말하는 거죠."

"그래, 그거."

"그거 잘 돼가고 있었던 거 아니에요?"

"말도 마라. 좆 됐다."

"왜요? 피의자들 위치파악 했다고……."

"이제 알겠냐? 그 새끼들 튀었어. 3일 동안 밤새면서 찾았는데 헛수고했다."

화나는 건 알겠지만, 놈들이 거기 있다는 걸 알아낸 것도 하 수사관인데 적당히 하지.

"별 도움은 안 되겠지만, 저도 한번 찾아볼 테니까 바람 좀 쐬고 들어오세요."

"찜질방 사건도 아직 해결 못한 놈이 웃고 있네. 그건 내가 알아서 할 테니까. 놔두고 니 할 일이나 해."

"에이. 선배님, 그게 좀 이상해서 그렇다니까요."

"뭐가 또? 경찰이 조사한 거 보니까 건덕지도 없구만. 그리고 저번 달까진 투자금도 꼬박꼬박 입금됐다며. 대충하고 마무리해. 그거 기소해도 승소 못한다."

"그래도 처음 맡은 사건인데, 이대로 끝내긴 조금 아쉬워요."

"맘대로 해라. 딱 니 때가 의욕 넘치고~ 좋을 때다."

"예. 그럼 열심히 해볼게요."

"오냐. 이러고 중간에 포기하면 형한테 혼난다잉?"

이럴 때 보면 나쁜 것 같지는 않은데, 왜 그리 성격이 불같은지······.

"최 검사님, 감사합니다."

"아니에요. 뭘요. 임 검사님이 잠깐 욱해서 그런 거지, 진심은 아니니까 수사관님도 그만 마음 푸세요."

"예, 알겠습니다. 그래도 최 검사님 오시고 나서 저희가 도움을 많이 받네요."

"에이, 제가 도움을 받는 거죠. 말이 검사지, 이 직 부족한
게 많은데요."

"그럼, 일하다가 어려운 점 있으시면 언제든지 말씀하십시
오."

하 수사관과 대화를 마치고 자리에 앉자 한숨이 나왔다.

후… 임 선배 말대로 여기까지하고 접어야 하나? 뭔가 께름
칙하긴 한데, 전혀 접점이 없단 말이지.

띠리리— 띠리리—

—여보세요. 최 검사님, 안녕하십니까.

"예. 안녕하세요, 주 형사님. 찜질방 사건 관련해서 뭐 들어
온 거 있나요?"

—아니요. 죄송하지만, 검사님. 그만 손 떼는 게 어떻겠습
니까? 검사님께서 말하신 대로 저희 쪽에서 조사를 해봤는데
딱히 나오는 게 없습니다.

그래 딱 5월까지만 해보고 안 되면 포기하자.

"흐음, 알겠습니다. 그러면 일주일만 더 해보고 안 되면 그
만하죠."

—예, 그럼 그렇게 알겠습니다. 수고하십시오.

당연히 수사가 종결될 거라고 생각하는 주 형사의 안도한
목소리를 들으니 착잡하기만 했다.

처음부터 다시 생각해 보자.

지들이 파는 의료 기구를 사면 투자자에게 다시 임대를 받아서 임대료를 준다고? 그게 말이 돼? 그냥 하면 훨씬 더 큰 이익 구조이고, 주식회사를 차려도 되는데?

말만 들어보면 전형적인 피라미드인데⋯⋯. 3년이 지났는데도 고발을 한 피해자가 한 명밖에 없다?

거기다가 저번 달까진 돈이 지급됐고 말이야. 어떻게 이럴 수 있지?

"너 지금 뭐 하냐?"

언제 왔는지 임 선배가 한심하단 얼굴로 옆에 서 있었다.

"맨날 그리 머리 싸매고 있으면 뭐가 해결될 것 같나?"

"그럼 어쩌겠어요. 단서가 없는데."

"인마, 내가 그랬지. 포기할 땐 포기해야 된다고. 부장님도 너 요새 뭐 하냐고 난리야. 내가 형사 지휘하는 거 알려준다고 안 했으면 이거 바로 끝났어."

"그건 고맙게 생각하고 있어요."

"그럼 시원하게 말 좀 해봐. 맨날 미심쩍어요, 선배~ 이러지 말고."

제가 언제 그렇게 말을 했습니까⋯⋯.

"피라미드 회사일 거라고 저한테 말씀해 주신 게 선배님이면서 이제 와서 왜 이러십니까?"

"그때랑 지금이랑 같냐? 조사해 보니까 3년 넘게 돈이 들어왔다며?"

"그렇죠."

"그 정도면 정상적인 회사란 소리야. 그럼 끝이지 뭐. 더 볼 게 있어?"

"다른 방법은 없을까요?"

"니가 좀 말해봐라. 어? 그런 게 있으면 내가 좀 알고 싶다!"

"투자를 계속 받으면 가능하지 않을까요? 카드를 돌려 막는 것처럼……."

"요원 씨, 지금 뭐라고 했어요?"

일순간 자신에게 사무실 식구들의 시선이 쏠리자, 그녀가 어쩔 줄 몰라 하며 사과를 해왔다.

"죄송해요. 못 들은 걸로 해주세요."

"이요원, 뭔데? 나 못 들었다. 말해봐라~"

임 선배가 관심을 가지자, 그녀가 원망스러운 눈으로 나를 바라봤다.

"투자를 계속 받으면 가능할 것 같다고… 했어요……."

"하, 그게 말이 되나? 최 검사, 나랑 장난해? 이딴 이야기 때문에 말을 끊어?"

"잠시만요, 선배님. 요원 씨, 그거 말고 뒤에 했던 말이요."

"아… 그게……."

선배와 나를 번갈아 보는 그녀의 눈동자는 자신 없는 듯 흔들리고 있었다.

"뭔데? 말 안 하나? 답답해 죽겠네."

"카드를 돌려 막는 것처럼 다른 곳에서 또 투자를 받고, 그 돈으로 다시 돈을 주면 되지 않을까요?"

맞아. 그러면 되지.

"최 검사, 또 머리 굴린다. 하아… 피라미드 회사가 왜 망하겠냐? 그렇게 안 되니까 망하는 거지."

아니야, 아니야. 방금 전 떠올랐던 게 대체 뭐였지? 어렴풋한 느낌이라 뭐라고 말해야 할지……

"카드가 여러 개인 것처럼 피라미드 회사가 하나가 아니면 가능하지 않을까요?"

"하 수사관님, 그건 또 무슨 말입니까?"

임 선배가 솔깃한 표정으로 그를 바라봤다.

"카드를 돌려 막으려고 해도 카드가 많아야 하잖습니까? 피라미드 회사를 카드라고 생각하면, 회사도 여러 개이지 않을까요?"

"오호? 이건 조금 가능성이 있어. 그럼 대표 이름으로 된 회사들을 알아보면 되는 건가?"

그렇게 말한 임 선배가 기세등등한 얼굴로 이쪽을 쳐다봤다. 마치 칭찬을 바라는 어린아이 같은 선배를 보니 분위기를 맞춰 줘야 할 것 같다.

"선배님 덕분에 사건 하나 해결하네요."

"하모. 내 검사 짬밥이 있는데!"

헤벌쭉 웃는 임 선배 뒤에서 하 수사관이 못 말리겠다는 듯 쓴웃음을 지으며 물었다.

"최 검사님, 그럼 바로 조사해 볼까요?"

수사관님의 말에 임 선배의 눈치를 보며 머리를 긁적이자, 그가 어깨를 두드리며 말했다.

"수사관님, 그렇게 하세요."

"예, 알겠습니다."

"사내새끼가⋯ 뭔 눈치를 그리 봐쌌노?"

"저 때문에 괜히 다들 고생하는 거 같아서요."

"지랄하고 자빠졌네. 헛소리할 시간 있으믄 얼른 사건이나 마무리해. 그게 도와주는 기라."

"예, 그럴게요."

하지만 마지막 희망이었던 이것조차 막상 조사를 하자 대 표자 이름뿐만 아니라, 그 주변 지인들의 이름으로 된 회사조 차 나오지 않았다.

"없어? 진짜? 하, 이렇게까지 했는데 암것도 안 나오는 걸 보 면, 승민아⋯ 증말 아닌가 보다."

처음 맡은 사건이라서 내가 너무 민감했던 걸까?

이미 거의 한 달을 넘게 끌어왔지만, 모든 정황들은 무언가 실마리가 나올 거란 내 예상을 비웃고 있었다.

"후… 그러게요, 선배님. 뭐 하나 나오는 게 없네요."

아직 전 형사에게 부탁해 놓은 게 남았으니 거기에 희망을 걸 수밖에 없었다.

"됐다. 그동안 욕봤어. 원래 그런 기다. 너무 신경 쓰지 말고 밥 묵으라. 내가 신입일 땐……."

선배는 그만 포기하라며, 점심을 먹는 동안 자신이 초임 시절 6개월 간 수사했던 일이 사실 아무것도 아니었단 이야기를 하며 위로를 해왔다.

"크… 맛나네."

아무리 봐도, 짧은 머리 덕에 나이를 모르면 대학생 새내기로 보이는 임 선배가 아저씨처럼 배를 두드리는 모습은 익숙해지지가 않는다.

"승민아, 가는 길에 커피나 한잔하고 갈까?"

맨날 가면서 말은…….

"그럴까요, 선배님?"

선배와 함께 검찰청 근처의 카페에 도착하자, 귀찮은 건 죽기보다 싫어하는 그가 주문은 자기가 한다며 억지로 날 자리에 앉혔다.

"금방 갔다 오께."

에휴… 방법 좀 바꾸지.

오늘도 퇴짜를 맞을 게 뻔한 선배를 구경하려는데 핸드폰이 요동쳤다.

지이잉— 지이잉—

"여보세요. 어, 예슬아."

—밥 먹었어?

"응, 방금 먹었어. 너는?"

—나도. 어때? 이제 일은 좀 할 만해?

"그냥 그렇지, 뭐. 그래도 이제 조금 익숙해져서 그런지 전보다 낫긴 해."

—흐응… 그래?

"그러는 넌 오늘은 또 뭐 때문에 그렇게 기운이 없어?"

—꼬맹이들 때문에 힘들어 죽겠어.

"왜? 언제는 귀여워 죽겠다더니."

—귀엽기는… 하는 짓을 보면 아주 악마가 따로 없어! 오늘은 그림을 그리라 했더니, 스케치북은 놔두고 교실 바닥에 그려서 그거 지우느라 내가 얼마나 고생했는데!

얼마나 시달렸는지, 애기들의 이야기를 하는 예슬의 목소리엔 짜증이 가득 담겨 있었다.

"이거 이번에 오빠가 차 사면, 우리 아가씨 기분 풀어 줄 겸

드라이브라도 가야지, 안 되겠네."

―피… 맨날 말은! 저번 주에도 산다고 했으면서? 그 차는 지금 어디 있는데?

"그땐 바빴잖아. 요번 주말엔 꼭 살 거니까, 기대해."

툭.

예슬과 이야기를 하고 있는 사이, 자리로 돌아온 임 선배가 커피를 테이블에 내려놓으며, 뭔 대화를 그렇게 재미있게 하냐는 눈빛으로 바라보고 있었다.

―알았어. 근데 이번에도 거짓말이면 알아서 해.

"아이고, 걱정 마세요. 아무튼 이만 일하러 간다. 이따 전화할게."

―벌써? 점심시간이 왜 이렇게 짧아?

"밖에 나와서 그래. 다시 들어가 봐야지."

―그래? 그럼 어쩔 수 없지. 이따 봐.

예슬과 통화를 마치자, 궁금한 건 죽어도 못 참는 임 선배가 호기심에 가득 찬 얼굴로 물었다.

"어이, 최승민. 뭘 사는데?"

"차 한 대 뽑는다고 저번에 말씀드렸잖아요."

"뭐고? 그거 아직도 안 샀냐?"

"같이 주말까지 신나게 야근해 놓고선 그건 또 무슨 말씀이세요."

"새끼, 야근했다고 차 하나 못 사나? 자꾸 그렇게 신입 티 낼래?"

검사 때려친다고 징징대신 분이 할 말은 아닌 것 같은데.

"에이, 선배님. 이제 두 달도 안 됐는데, 좀 봐주세요."

"알았다. 근데 너 혹시 멋 부린다고 마이너스 통장 같은 거 만들어서 일시불로 지르고 그라는 거 아니제?"

"예. 당연하죠. 만들지도 않았어요. 갑자기 그건 왜요?"

"몇 년 전에 다른 데로 발령받은 이 검사라고 있는데, 집 사고 차 산다고 그거 이용했다가 갚느라 피똥 쌀 뻔했다더라."

"아, 그래요?"

"뭐, 아니믄 됐다."

"걱정 마세요. 할부로 하면 되는데, 제가 바보도 아니고 그런 걸 왜 쓰겠어요."

역시나 본인 이야기였는지, 순간 선배의 미간에 주름이 잡혔다 사라졌다.

"인마 보게? 것도 잘만 쓰면, 나쁜 것도 아냐."

하긴 주식으로 모아놓은 돈이 서초동 OO아파트를 사고도 90억 정도가 남은 상황이라 만들 이유를 못 느끼지만, 과거처럼 무일푼으로 사회에 나왔다면 선배의 말대로 마이너스 통장의 유혹을 뿌리치긴 힘들었을 거다.

"니도 나중에 집 사려고 하다보면 어쩔 수 없이 쓰게 될 끼다."

계속 씁쓸하게 말하는 선배를 보니, 문득 아등바등 살아왔던 세월들이 떠올라 입에 머금은 커피가 쓰게만 느껴졌다.

"얼씨구? 원룸에서 월세 사는 주제에 그 표정은 뭐꼬?"

"예? 뭐가요?"

"니가 방금 니 면상을 봤어야 됐다. 내가 강생이도 아니고 왜 글케 꼬라봐?"

"설마 제가 선배님을 그렇게 봤겠어요. 이래 가지고 언제 집 사나 생각하니까 우울해서 그런 거죠."

"그랬나? 기다려 봐라. 니도 금방 산다. 커피 다 마셨으면 인나자."

"예. 근데 선배님."

"응? 왜 뭐 더 할 말 있나?"

"오늘은 어떻게 됐나 궁금해서요."

일어나면서 슬쩍 눈으로 20대 후반의 카페 여점장을 가리키자, 그가 쓴웃음을 지었다.

"참말로 가시나. 지가 이쁜 건 알아가지고 드럽게 비싸게 군다. 이 정도면 예의상 만나라도 줘야 되는 거 아이가?"

울 것 같은 선배의 모습에 내가 다 안쓰럽다.

"선배님, 그러지 말고 방법을 바꿔보는 게 어때요?"

"어케? 뭐 좋은 수라도 있나?"

"그냥 끝나고 좋은 데서 커피나 한잔하자고 해봐요."

예전에 부하 직원이 써먹었던 방법이 생각나 그에게 말해주니 역시나 팔짝 뛰며 난리도 아니다.

"이게 돌았나!? 커피 집 사장한테 그기 뭐꼬?"

"왜요? 재미있잖아요. 나 같으면 한번 만나주겠다."

그 말에 헛소리하지 말고 나가기나 하라며 등을 떠밀던 주제에, 아예 관심이 없는 건 아닌지 검찰청으로 돌아오는 내내 고민에 빠진 모습이었다.

"아! 우짜지?"

뭘, 어째. 그렇게 했는데도 안 넘어온 거면 마음에 없다는 거지.

달콤한 휴식 시간이 끝나고 사무실 문을 열자, 하 수사관이 기다렸다는 듯이 말을 걸어왔다.

"최 검사님. 서초경찰서, 주 형사한테 조금 전에 연락이 왔었습니다."

"정말요? 무슨 단서라도 발견했답니까?"

"그게… 피해자가 회사한테 밀린 돈을 받았다고 사기 건 고소 취하하고 싶답니다."

"그래요?"

그에게 비슷한 유형의 회사가 있는지 알아봐 달라고 했던 터라, 내심 기대를 하고 있었는데 이거야 원… 결정타를 맞아버렸다.

"차라리 잘됐다. 그건 이제 신경 끄고 다른 사건에나 집중해라."

임 선배가 지금 내 심정이 어떤지 잘 안다는 듯 위로를 해왔다.

"예. 선배님. 아무래도 제가 헛다리를 짚었나보네요."

결국 내 첫 사건은 이렇게 '혐의 없음'으로 끝나고 말았다.

*   *   *

6월 초부터 우중충한 하늘은 일어나라고 소리라도 지르는 것처럼 번개가 내리치고 있었다.

아침부터 요란하기도 하네. 그럼, 어디 오늘은 또 무슨 메일이 왔을라나.

메일을 확인하니 예전부터 후원을 하고 있던 소년 소녀 가정 후원 단체에서 후원금을 지원해 달라는 메일이 와 있었다.

몇 달 전에 주식으로 남긴 4억의 차익에서 4천만 원이나 지원을 했는데도 턱없이 부족한가 보다.

이런 걸 보면 새삼 얼마나 부모님 덕에 윤택하게 살아왔는지 느낄 수 있었다.

"조만간 주식도 한번 정리를 해야겠구만."

결심은 했지만, 아무래도 재작년에 이천 포인트를 찍었던 주식이 미국 서브프라임 사태로 천 포인트 밑으로 내려간 이후, 올해 들어 이제야 천 포인트를 왔다 갔다 하고 있는 시점이라 당장 팔기엔 부담이 되긴 했다.

그건 나중에 생각하고 일단 출근이나 하자.

"좋은 아침입니다."

언제 번개가 쳤냐는 듯 맑아진 하늘을 보며 사무실 식구들에게 인사를 건네자, 임 선배가 손을 흔들며 달려왔다.

"마침 잘 왔다. 뉴스 봤제?"

"안녕하세요. 선배님."

"됐고 봤나~ 못 봤나~?"

대체 뭔데 임 선배가 이렇게 흥분을 한 거야?

"뉴스요? 대체 무슨 일인데 그러세요?"

"엥? 오늘 아침에 사람 죽었다는 뉴스 못 봤나?"

"아침부터 사람이 죽어요?"

"어, 오늘 아침에 벼락 친 거 알지? 언 놈이 집 앞 공원에서 운동하다가 벼락 맞고 죽었단다."

"네? 진짜요?"

하도 장난을 많이 치는 인간이라 설마 하고 주위를 둘러보자 요원 씨가 고개를 끄덕였다.

"그래. 내 살다 살다 이런 일은 또 처음이네."

이런 일이 있었나? 아무튼 어지간히 재수가 없는 인간인가 보네.

"정말 운이 지지리도 없네요."

"그러게 말이다. 범죄자 새끼들은 이렇게 판을 치는데, 멀쩡한 사람만 잡아 가노."

아까는 그렇게 흥분을 하신 분이 이제 와서 그런 말을 하는 건 좀.

마치 내 마음을 읽기라도 했는지, 민망한 듯 짧은 머리를 긁적이던 선배가 말을 돌렸다.

"그건 그렇고, 나 오늘 공판 때문에 법원에 가봐야 된다. 혼자 잘할 수 있지."

"예, 모르면 하 수사관님한테 물어보면 되니까 걱정 말고 다녀오세요."

"그래. 그럼 다녀올게."

임 선배가 방을 나서자, 하 수사관이 못 말리겠다는 듯 한숨을 내쉬며 말했다.

"어쩜, 이제 서른 중반인데도 임 검사님은 처음이랑 하나도 변한 게 없으시네요."

임 선배의 초임 시절 모습도 봤다던 하 수사관의 말에 웃음이 나왔다.

"왠지 임 선배가 무게 잡고 있는 게 더 웃길 거 같은데요."

"하하하. 생각해 보니 그렇긴 하네요."

"아, 수사관님, 근데 무슨 일이길래 공판부에 안 맡기고 선배가 직접 간 거예요."

"그 국회의원이 뇌물을 받은 사건이라 직접 하신다고 하시더군요."

표정을 굳히며 진지하게 말을 하는 하 수사관을 보니 생각보다 사안이 제법 큰 것 같았다.

똑똑.

선배가 방을 나서고 한 시간쯤 흘렀을 때, 노크 소리와 함께 초췌한 얼굴의 40대 후반으로 보이는 남자가 안으로 들어왔다.

"저, 실례합니다. 최승민 검사님 방이 이곳이 맞습니까?"

조심스럽게 묻는 남자에게 하 수사관이 다가가 친절히 응대했다.

"예, 이곳이 맞습니다. 저리로 가시면 됩니다."

천천히 다가오는 그에게 다가가 자리에 앉혔다.

"안녕하십니까. 김학수 씨 맞으시죠?"

"예. 제가 김학수입니다."

검찰로 접수된 김학수 씨의 고소장의 내용이 사실이라면,

선배의 말대로 번개를 맞아도 싼 인간들은 그의 아내와 처남이란 작자일 것이다.

"이렇게 와주셔서 감사합니다. 이번 사건을 담당하게 된 검사 최승민이라고 합니다."

"예, 반갑습니다."

"그럼 이번 사건과 관련해서 몇 가지 질문을 드리겠습니다. 학수 씨께서 저희 쪽으로 접수한 고소장엔 부인과 처남이 공모하여 본인의 재산을 강탈했다고만 적혀 있는데, 어떻게 된 일인지 자세히 말해주시겠습니까?"

"예, 작년 5월 20일이었을 겁니다. 저녁을 먹고 집에 도착해 차에서 내리는데, 갑자기 제 뒤에 멈춘 검은색 봉고차에서 양복을 입은 건장한 사내 네댓 명이 내리더니, 저를 납치해서 차에 태우고는 그대로 어디론가 데리고 갔습니다."

"그곳이 어디였습니까?"

"○○정신병원이었습니다."

"예? 정신병원이요?"

"예, 거기다 그곳은 다름 아닌 제 처남이 원장으로 있는 곳이라 저도 조금 의아했습니다. 처남에게 이게 대체 무슨 일이냐고 물었더니, 저를 한번 쳐다본 그놈이 사내들과 대화를 하더니 저를 강제로 병실에 입원시키더군요."

이야기를 하던 학수 씨는 주먹을 불끈 쥐고 억울한 듯 언성을 높여 말했다.

"그리고! 일주일이 지났을 때 아내가 찾아왔습니다. 그래서 얼른 나 좀 내보내 달라고 아내에게 말했더니, 식사를 넣어주는 구멍으로 서류더미를 던져 넣더군요."

미친… 입에서 욕지거리가 나오려는 것을 간신히 참아야 했다.

"그게… 뭐였습니까?"

"그년에게 재산을 양도한다는 내용의 서류더군요. 그제야 이 연놈들이 아주 작당을 했다는 것을 깨닫고 절대 그렇게는 못 한다고 했더니, 뒤도 돌아보지 않고 가더군요. 그리고 한 6개월 정도가 흘렀을 때 아내가 다시 찾아왔습니다."

그때의 일은 생각하기도 싫다는 듯 진저리를 치는 그에게 물었다.

"이번에도 재산을 달라고 하던가요?"

"예, 끝까지 싫다고 하니까 비웃으면서 제게 그러더군요. 나가고 싶으면 서류에 도장을 찍으라고, 찍기 전엔 절대 안 내보내 줄 거라고. 결국 이대로는 안 되겠다 싶어서 원하는 대로 다 해줄 테니까, 이곳에서 나가게만 해달라고 빌었습니다. 그리고 그년이 시키는 대로 도장을 찍고 병원에서 나와서 바로 고소를 한 겁니다."

막장 드라마보다도 더 막장 같은 현실이라니…….

"그럼, 잘 부탁드리겠습니다, 검사님."

이야기를 마친 그의 얼굴엔 간절함이 담겨 있었다.

"예, 반드시 죗값을 치르게 할 테니 염려하지 마십시오."

방을 나서면서도 꼭 감옥에 처넣어 달라던 학수 씨가 떠나자, 웬일로 하 수사관이 사건에 대해 먼저 물어왔다.

"최 검사님, ○○정신병원에 김학수 씨가 입원했던 사실부터 알아볼까요?"

말은 안 하고 있지만 하 수사관도 이 짐승보다 못한 인간들에게 단단히 화가 난 모양이다.

"그렇게 하죠. 저는 그 아내라던 이영순한테 넘어간 부동산 등기 날짜 좀 알아봐야겠어요."

"예, 그럼 그렇게 하도록 하겠습니다."

줄줄이 넘어갔구만.

등기 날짜가, 학수 씨가 정신병원에서 나왔다던 시기와 일치하는 것을 보니 참을 수 없는 분노에 손이 떨려온다.

"최 검사님."

"하 수사관님, 어떻게 됐습니까?"

"수사에 필요하다고 해도 진료 기록은 공개할 수 없다는데요?"

이것 봐라? 하긴, 찔리는 게 있으실 테니 당연하겠지.

"어쩔까요?"

하 수사관이 뭘 고민하고 있냐는 눈빛으로 이쪽을 보고 있었다.

"진료 기록 말고도, 불법 감금된 사람이 더 있는지 확인도 할 겸 압수수색영장 신청하죠."

"예, 그럼 영장이 나올 수 있게, 몇 가지 더 조사하겠습니다."

"조사요?"

"예, 원장 놈 통장 내역 좀 확인해 보려고요. 지 매형을 저렇게 한 놈인데, 다른 불법적인 일에도 손대지 않았겠습니까?"

"그럼, 영장 신청할 수 있게 준비되면 말씀해 주세요."

사람 같지도 않은 연놈들에게 적용할 수 있는 죄목을 찾고 있을 때 문이 열렸다.

"캬아… 죽겠네."

"다녀오셨습니까?"

"예, 수사관님. 다녀와쓰요."

"선배님, 어떻게 공판은 잘하셨어요?"

"아… 증거 제출하고 끝났지 뭐. 본 싸움은 아직 시작도 안했다. 근데 와 이리 바쁘노? 뭔 일 있나?"

"오늘 갑자기 맡게 된 사건 때문에요."

"그래? 뭔데? 어디 좀 보자."

평소에는 매지 않던 넥타이가 불편한지, 이리저리 만지며 학수 씨의 진술을 읽던 임 선배의 표정이 굳어졌다.

"이기 사람 새끼가?"

"글쎄요? 암만 봐도 사람으로 안 보이는데요."

"그래서 어떻게 할라고?"

"일단 진료 기록 못 준다고 해서 압수수색 하려고요. 압수수색 하는 김에, 병원도 좀 뒤집어 놔야죠."

말을 들으며 부동산등기를 보던 선배가 혀를 차며 말했다.

"진료 기록에 관한 것부터 일단 받고, 병동 쪽 수색영장은 나중에 따로 받아."

"하는 김에 같이 받는 게 낫지 않을까요?"

"아무리 등기 넘어간 게 무효화돼도 돌려받기 전에 헐값에 치아뿔고 튀면, 이 양반 골치 아파. 그러기 전에 진료 기록이랑 등기랑 법원에 보내서 이 미친년 재산부터 동결시켜야지."

"흐음, 아무래도 지금쯤이면 이 여자 귀에도 들어갔을 테니, 선배님 말씀대로 하는 게 좋을 것 같네요."

"그래야지. 글고 피의자 조사 날짜 후딱 잡아라. 인마들이 또 뭔 짓거리를 할지 우예 아노."

"예, 걱정 마세요. 안 그래도 영장 받고 진료 기록만 확인되면, 바로 소환하려고 했어요."

"우리 승민이도 이제 검사 다 됐네~"

3일 뒤 영장을 받아 OO정신병원 진료 기록에 적혀 있는 학수 씨의 퇴원 날짜와 재산이 넘어간 날을 비교하자 일주일 정도 차이가 났다.

이것들이 실제보다 일주일 전에 퇴원을 시킨 걸로 꾸미셨네? 병원에 있을 때 강제로 받은 게 아니라고 말하고 싶었나 본데… 어디서 개수작이야.

*　　　*　　　*

"이영순 씨, 지금 그게 말이 된다고 생각하십니까?"

"왜 말이 안 돼요? 다른 병원은 믿지 못해서 동생이 하는 병원에 입원을 시킨 건데요."

코웃음을 치며 천연덕스럽게 말하는 여자의 모습에 소름이 돋았다.

"그래요. 그렇다고 칩시다. 그런데 영순 씨가 OO법무사 사무소에 증여 계약서를 작성해 달라고 한 시기가 공교롭게도 1년 전이네요?"

"상태가 많이 호전됐다고 해서 면회 갔는데, 그때 남편이 또 언제 정신이 나갈지 모르니 재산을 제 앞으로 돌리라고 해서 그렇게 한 것뿐이에요! 그리고 남편이 퇴원하기 전까진 재산을 넘겨받지도 않았어요."

"그러니까 남편분께서 자발적으로 했다는 말씀이시죠?"

"예, 검사님께서도 조사했으면 아실 거 아니에요?"

"알겠습니다. 그럼 이만 돌아가셔도 됩니다."

"그럼 수고하세요."

이영순은 30분도 안 되어 피의자 신문을 끝내는 나를 비웃으며 변호사와 함께 방을 나섰다.

쓰레기 같은 년. 진료 기록과는 달리 재산이 네년에게 넘어간 날에도 김학수 씨가 병원에 있었다는 사실을 간호사가 모두 말했다는 것을 알았다면 저렇게 웃을 수 있었을까?

간호사의 야간 당직 기록까지 확보했으니, 지금 실컷 웃어 둬라.

법정에선 울면서 자발적으로 재산을 양도하려 했다던 남편이 재산이 넘어가던 그날, 왜 병원에 갇혀 있었는지 설명을 해야 할 테니까.

"수고하셨습니다, 검사님. 이걸로 공판 때 형량 감경해 달라고 빌지도 못하겠네요."

옆에서 신문을 도와주던 하 수사관이 당당하게 밖으로 나서는 이영순을 노려보며 말했다.

"예, 잘됐죠 뭐. 그나저나 진짜 뻔뻔스럽네요. 모르는 사람이 봤으면 그대로 믿었을 것 같지 않아요?"

"그러게요. 수사관 생활만 23년째인데, 저런 망할 년은 오랜만에 보네요."

"또 누가 있었나 보죠?"

"설마 없었겠습니까? 자식들 입양해서 목 졸라 죽여 놓고, 오히려 저희한테 범인을 잡아달라고 대성통곡하던 여자도 있었는데요."

이거 괜한 걸 물었나 보다.

"그 말을 들으니 괜히 이쪽으로 왔나 하는 생각이 드네요."

"그런가요? 제가 보기엔 최 검사님은 아무리 봐도 이쪽이 적성이신 것 같은데요."

"왜요?"

"보통 초임분들은 이런 사건 맡으면 검사님처럼 그렇게 못하는걸요. 사건 때문에 화를 참지 못하고 달려들어서 변호사나 피의자한테 당하기 일쑤거든요."

그건 살다 보니 화내는 놈이 지는 거란 걸 깨달았기 때문이지, 이쪽 체질이라 그런 건 아닌데……

"이거 너무 띄워주시는 거 같은데요."

"그냥 본 대로 말씀드린 것뿐입니다. 슬슬 배도 고픈데 식사나 하러 가시죠."

벌써 3시인가? 이거 범죄자 놈들은 제시간에 삼시 세끼 꼬박꼬박 챙겨먹는데 우린 이제야 점심을 먹나……

"예, 그러죠. 아! 병원 압수수색 건은 어떻게 됐나요?"

"음, 임 검사님이 진행하고 있으니까 곧 연락이 올 겁니다."

"선배님이요?"

웬만해선 사무실을 나서지 않는 분이 무슨 바람이 부셨나?

"예, 오랜만에 현장에 나가고 싶다고는 하는데, 제 생각엔 그냥 이번 사건이 마음에 안 든 모양입니다."

뭐 깐깐한 사람이니, 적당히 하진 않겠지.

그렇게 하 수사관과 함께 식사를 마치고 사무실로 돌아오자 임 선배가 다짜고짜 화를 냈다.

"최승민, 너 죽을래?"

"예? 갑자기 왜 그러십니까?"

"선배가 너 위해서 일해줬으믄 뭐라도 사 가꼬 와야 되는 거 아이가?"

"설마 제가 안 사왔겠어요?"

같이 지낸 지 두 달이 넘었는데, 이 양반아, 당신 성격도 모를까 봐.

"사왔나? 내 그럴 줄 알았다."

언제 화를 냈냐는 듯 간식거리를 받고 좋아하던 임 선배가 내 책상을 가리켰다.

"아, 오후에 정신병원 갔다 온 것에 대한 증거물 책상에 있다."

"뭐 좀 나왔어요?"

"하모, 내 누꼬? 서울중앙지검 임성운 아이가!"

책상으로 가보니 여러 장의 사진과 함께 조사한 기록들이 놓여 있었다.

"금마 완전히 싸이코다."

핫도그를 입에 물고 옆으로 다가온 선배가 뭔가를 가리켰다.

설마 노숙자를 강제 입원시켜서 요양급여를 타왔던 건가?

"선배님, 정신병원엔 이놈을 입원시켜야 될 것 같은데요?"

"됐다. 그딴 놈은 감방에서 콩밥 좀 먹고 쥐어 터져야 돼. 어딜 정신병원에 넣노?"

보건법 및 의료법 위반으로 처넣으면 되겠고, 이영순은 감금죄 공범에 사기죄인가?

어째 죄가 이리 약하냐…….

"치아라. 땅 꺼지겠다. 사건도 다 마무리되어 가는 마당에 웬 한숨이고?"

"피해자는 1년 동안 강제로 입원해서 없던 정신질환까지 생겼는데, 어째 죄가 너무 약해서요."

"우야겠노. 그래도 최대한 때려 넣어봐야지. 경합범이니까 그래도 꽤 나올 끼다. 억울하게 피해본 사람들 구했으면 된 기라."

아쉽긴 하지만 그게 어디냐. 이 정도 죄목이면 의사 면허도

취소될 테니 죗값은 치르는 거겠지.

*　　　　*　　　　*

"어이, 최 검사. 고생 많았어? 이번에 한 건 했다며?"

서울중앙지검에서도 알아주는 엘리트인 김진수 검사가 이번에 정식으로 기소한 정신병원 사건에 대해서 들은 모양이다.

"안녕하세요, 김 선배님. 다 임 선배가 도와준 덕분이죠."

"그럴 리가 있나? 성운이가 방해나 안 했으면 다행이지."

검찰청 내 임 선배의 평판이 안 좋다 보니, 동기인 김 검사조차 그를 썩 내켜 하지 않는 모양이다.

"맞다. 그러고 보니까, 전에 맡은 사기 사건은 마무리한 거야?"

"사기 사건이요?"

"예전에 임 검사가 귀찮다고 최 검사한테 넘긴다고 했었는데?"

"아, 혹시 의료 기구 관련 사건 말씀하시는 거예요?"

"음? 그래, 그거. 어떻게 됐어?"

아픈 기억을 떠올리게 만드는구만.

"마땅히 증거도 안 나오는데, 피해자가 고소를 취하하고 싶다고 해서 그냥 불기소했어요."

"그래? 최 검사, 첫 사건이래서 내심 잘되길 바랐는데, 아쉽게 됐네."

새까만 후배의 일까지 신경 쓰고 있었던 건가? 이러니 평판이 좋을 수밖에⋯⋯.

이번에 대검이나 법무부로 간다는 말이 괜히 나오는 게 아닐 것 같다.

"이거, 바쁠 텐데 내가 괜히 시간 뺏은 거 아닌지 모르겠네. 들어가 봐."

"예, 그럼 이만 가보겠습니다."

"아 참! 단독 사무실로 옮기게 된 거 축하해."

"감사합니다."

출근길에 만난 김 검사와의 짧은 대화를 마치고, 짐을 옮기기 위해 임 선배의 사무실 문을 열자 오늘도 어김없이 그의 어린아이 같은 목소리가 들려왔다.

이 양반은 변성기도 안 왔나.

"최승민이, 오늘은 유난히 얼굴이 밝네."

"안녕하세요, 선배님."

"인사는 무슨 치아라! 사무실 옮기니까 좋아 죽겠지?"

"그럴 리가요. 아직 준비도 안 됐는데 이렇게 돼서 부담이 이만저만이 아니에요."

뭐가 또 마음에 안 드는지, 그의 얼굴엔 심술이 가득했다.

"근데, 최 검사님. 같이 일하게 된 수사관은 누구입니까?"

임 선배의 분위기를 감지한 하 수사관이 자연스럽게 대화의 방향을 돌렸다.

"그게, 이대건 수사관이요."

내 말을 들은 하 수사관이 안타까워하며 말을 흐렸다.

"그렇습니까? 이 수사관이란 말씀이시죠……."

"왜 그러십니까?"

"아, 아닙니다. 좀 더 경험 많은 사람이 배속될 줄 알았는데 약간 의외여서 그랬습니다."

하긴, 어제 부장님께 그를 소개받을 때, 너무 젊은 사람이라 조금 이상하게 생각하긴 했으니 그럴 만도 한가.

"뭐… 유능한 친구이니, 실. 력. 만큼은 믿어도 괜찮을 겁니다."

실력만큼은 믿어도 괜찮다라……. 이거 왠지 불길한데.

에휴, 언제부터 인복이 있었다고 실력이라도 있으면 다행인 거지…….

"하 수사관님께서 칭찬을 하실 정도면 안심해도 될 것 같네요."

"승민아, 슬슬 짐 챙겨라. 그러다 아침 회의 늦는다."

선배의 재촉에 서둘러 짐을 박스에 담고 나서 하 수사관과 요원 씨에게 감사의 말을 건네자, 둘은 혼자만 탈출하면 다냐는 원망 가득한 눈빛을 보내왔다.

죄송하지만, 저라도 살아야 되지 않겠습니까.

"다들 그동안 미숙한 저를 도와주시느라 고생 많으셨습니다. 감사합니다."

"아닙니다. 덕분에 즐거웠는데, 이렇게 빨리 나가시게 되다니, 왠지 섭. 섭. 하네요."

"…검사님, 축. 하. 드려요."

"그래, 내 밑에서 일하느라 욕봤다. 언제 술이나 한잔하자."

며칠 전에 사건 해결 기념으로 그렇게 마셔놓고 무슨 술을 또 마시자는 건지.

아무튼 어깨를 두드리며 먼저 방을 나서는 선배의 모습에, 정든 사무실 식구들에게 다시 인사를 건네고 그를 따라 사무실을 나섰다.

임 선배, 하 수사관님, 많이 배우고 갑니다.

과거엔 수십 년을 일해도 개인 사무실이 없었는데, 이제 두 달이 지났을 뿐인 초임 주제에 벌써 사무실이라니.

거기다 창문 바로 앞에 놓인 커다란 책상에 놓인 [검사 최승민]이란 명패가 낯설기만 했다.

"두 분 다 어제 뵀었지요. 앞으로 잘 부탁드립니다, 최승민이라고 합니다."

"흐흐흐, 잘 부탁드립니다~ 수사관 이대건이라고 합니다."

실없이 웃는 이 수사관이 못마땅한지, 그를 힐끔 쳐다본 예쁘장하게 생긴 여인이 고개를 살짝 숙이며 말했다.

"잘 부탁드려요. 실무관 송윤정입니다."

한쪽은 너무 헤퍼 보이고 한쪽은 너무 차가운데?

"그럼, 인사는 한 것 같으니, 첫 업무를 시작해 볼까요?"

말이 끝나기가 무섭게 송 실무관이 자리로 향하자, 뭔가 한마디 하려던 이 수사관이 머쓱한지 머리를 긁적이며 물었다.

"검사님, 무슨 일부터 시작할까요?"

그가 임 선배의 업무를 나눠서 할 때보다 2배는 많아 보이는 서류들을 가리켰다.

"하… 맨 위의 것부터 시작하죠."

2장

악연

"여보세요? 아니요, 전화 잘못 거셨는데요. 윤 형사님, 장난입니다. 흐흐, 예, 무슨 일 때문에 이렇게 전화를 다 하셨습니까?"

통화를 하는 이 수사관 특유의 웃음소리가 귀를 자극했다.

3일 동안 지켜본 결과 하 수사관의 말대로 실력은 인정을 하겠는데, 시도 때도 없이 웃으며 농담을 하는 그가 점점 부담으로 다가왔다.

하지만 그걸 모르는 그는 여전히 통화 삼매경에 빠져 있었다.

"예… 진짜요? 워메, 이게 뭔 일이다냐. 알겠습니다, 검사님께 그렇게 전해드리겠습니다. 예, 수고하세요."

서글서글하던 그의 눈매가 날카로워진 걸 보면, 아무래도 중요한 일인 것 같다.

"왜요? 이 수사관님, 뭔데 그래요?"

"아, 검사님. 지난번에 종로에서 잠복했다가 놓쳤다던 그 살인범 있잖습니까."

가만, 산으로 도주했다고 했던 그놈 말하는 건가?

"음… 조광만이었나요?"

"예예, 그놈이 지금 제 발로 경찰서에 찾아왔다는데요?"

범행에 쓰인 흉기까지 이미 확보된 이 마당에 형사들까지 따돌리고 도주한 놈이 대체 왜?

"네? 아니, 잡히면 어떻게 될지 뻔히 아는 놈이 자수를 했다고요?"

"예, 그랬답니다. 근데 자긴 조광만이 아니라 윤선필이라고 우기고 있다고 하던데요?"

참 나, 그럼 그렇지. 어째 사건이 쉽게 풀리나 했다.

"고민할 필요 있나요. 심문해 보고 헛소리하면 정신감정 맡기라고 전하세요."

"예, 알겠습니다."

"송 실무관님, 이번 사건이랑 비슷한 판례 좀 찾아봐주세요."

"검사님, 살인 쪽으로만 찾으면 되죠?"

무표정으로 괜히 다른 것까지 연관시키지 말아달라는 듯 노려보는 그녀를 보니 세나가 생각나 웃음을 참아야 했다.

"예, 그렇게 해주시면 돼요."

여하튼 조광만이는 좀 더 지켜봐야 할 것 같으니, 지금은 우선 밀린 사건들부터 처리를 해볼까나.

근데 무슨 사건이 죄다 음주운전 아니면 절도야.

"검사님, 아무래도 종로경찰서에 한번 가보셔야 될 것 같은데요."

"수사관님, 갑자기 그게 무슨 말이에요? 정신감정 받기로 한 거 아니었습니까?"

"그게, 조광만이 자기라고 주장하고 있는 윤선필이라는 사람이 조광만이를 봤다는 제보를 한 자랍니다."

"근데요? 무슨 문제 있습니까?"

오히려 더 쉬워진 거 아닌가?

조광만이 윤선필을 협박해 인적사항을 알아내고, 지금 저런 쓰레기 같은 짓을 하고 있는 것 같은데. 이러면 정신감정도 필요 없잖아.

"형사들 말로는 윤선필에 대해 세세한 부분까지 다 알고 있다는데요."

또 간, 쓸개 다 내줄 것처럼 실실 웃고 있는걸 보면, 그저 이 수사관의 호기심이 동했나 보다.

"그러면 이 수사관님이 다녀오시고 결과 보고해 주세요."

굳이 쓰레기 같은 놈의 어쭙잖은 장난에 장단을 맞춰주고 싶진 않았다.

"흐흐, 그럼 바로 출발하겠습니다~"

업무를 핑계로 밖으로 나서는 이 수사관의 모습에 미간을 찌푸리던 송 실무관이, 간식을 사온다는 그의 말에 무슨 일이 있었냐는 듯 다시 판례를 뒤적이기 시작했다.

에휴, 어째 하 수사관과 요원 씨가 그리워지네.

그렇게 이 수사관이 나간 지 한 시간이 조금 넘었을 때, 양손에 바리바리 봉지를 든 그가 돌아왔다.

"검사님, 간식 먹으면서 잠깐 쉬었다 하시죠."

"그러죠. 윤정 씨, 판례 찾느라 머리 아플 텐데 이리 오세요."

어느새 말없이 다가온 그녀는 수사관이 사온 봉지들을 뒤적거리며, 능숙하게 간식들을 테이블에 세팅했다.

"근데 다녀온 일은 성과가 좀 있었나요?"

닭꼬치를 먹으려던 이 수사관이 질문을 듣고는 하회탈처럼 실실대고 있었다.

"어땠을 것 같습니까?"

제발 그냥 대답을 하라고.

진짜 개념을 달나라에 두고 왔나……. 대체 상사한테 왜 이러는 거야?

"글쎄요. 제 생각엔 금방 조광만의 거짓말이 탄로 났을 것 같은데요?"

"흐흐, 저도 그럴 줄 알았는데……."

알았는데? 닭꼬치 좀 그만 처먹고 이제 말 좀 하지?

"다 드시면 이거 한번 들어보시죠."

USB?

"설마 조광만의 심문을 녹취해 온 겁니까?"

"예, 들으면서도 이해가 좀 안 되는 부분이 있어서 복사 좀 해왔습니다."

"그 정도예요?"

깜짝 놀랄 거라며 히죽거리는 그를 보니, 왠지 사건이 꼬일 것 같은 불길한 예감이 들었고, 결국 참을 수 없는 궁금증에 먹으려던 햄버거를 놓고 컴퓨터에 USB를 꽂고 말았다.

—어이, 조광만 씨 그게 말이 된다고 생각해요?

—진짜라니까요! 그 조광만이란 자가 뭔 짓을 했는지는 모르겠는데… 일어나고 보니까 제가 그 사람이 되어 있었다니까요!

—살다 살다 별 얘기를 다 듣네! 상식적으로 그게 말이 된

다고 생각해요? 예? 어떻게 사람 몸이 바뀌냐고요.

—79년 9월 30일 생. 이름 윤선필, 현 주소 서울시…….

—외운 거 다 아니까 그만합시다. 윤선필 씨가 당신이 협박했다고 아까 진술하고 갔어요. 이제 다 끝났다고요.

—형사님, 제발 그놈만 믿지 마시고 제 얘기도 좀 들어주세요! 우리 가족만 아는 사실을 말씀드릴 테니까 부모님 좀 불러달라고요!

—들어드릴 테니까 그냥 지금 말하세요.

—저희 부모님 오시기 전까진 말 안 할 겁니다.

—그게 어떻게 당신 부모야. 진짜 미치고 팔짝 뛰겠네. 그리고 이 양반아, 어차피 끝났어요. 증거도 다 있고, 지금 정황상 당신한테 유리한 게 하나도 없어. 이러다 죄만 늘어난다니까?

한참 심문 내용을 들어봤지만, 파일이 거의 끝나가는데도 별 내용은 나오지 않았다.

이대건, 이 망할 인간. 이렇게 또 골탕을 먹이나?

깊게 한숨을 내쉬고 수사관에게 한마디 하려는데, 지금부터가 중요한 내용이라는 듯 그가 검지를 자신의 입에 가져다 댔다.

—상관없어요. 어차피 전 그놈이 아니니까. 종이랑 펜 좀 주세요. 제가 윤선필이라는 거 증명해 보일 테니까.

—알았어요. 자, 자, 또 뭘 하시려고?

탁. 탁.

스피커에선 조광만이 한참 동안 뭔가를 써 내려가는 소리만 들려왔다.

—여기요, 일단 윤선필이라는 놈한테 확인해 보시고, 맨 위에 적힌 게 저희 부모님 핸드폰 번호니까, 직접 부모님께 전화해서 확인해 보세요.

—흐음, 성이 다 윤 씨인 거 보니까 직계 쪽 계보인가 봐요.

조롱을 하는 형사의 말에도 윤선필이라고 주장하는 조광만은 진지하게 대답했다.

—장담하는데, 이거 그놈 몰라요. 그 새끼가 조광만이니까.

—애썼는데 그만합시다. 정신감정 결과만 나오면 검찰로 바로 사건 송치할 거니까 그렇게 아세요.

그의 말을 믿지 않는 형사에게 울부짖는 조광만의 외침과 함께 녹음은 끝이 났다.

"후, 수사관님, 이게 답니까?"

역시나 수사관은 그럴 리가 있냐는 듯, 사람 속을 긁는 비릿한 미소를 지으며 이쪽으로 다가왔다.

"녹음을 말씀하시는 거면 그게 다지만, 조광만이 확인해 보라던 내용을 말씀하시는 거면 이야기가 달라지죠."

"그럼 좀 말씀하시죠. 검사님이 햄버거를 드셔야 제가 테이블을 치울 거 아니에요."

뒤에서 들려오는 윤정 씨의 싸늘한 목소리를 들은 수사관이 흠칫 놀라며 그녀에게 고개를 끄덕였다.

"예, 흐흐, 제가 조금 장난이 심했죠."

우리에게 사과를 한 그가 진지한 모습으로 이야기를 꺼냈다.

"아무래도 이상하더라고요. 형제자매들 이름까지는 어떻게 달달 외우면 될 것 같단 생각이 들었는데, 8남매인데, 그 밑에 조카들 이름까지 쭈욱 쓰지 뭐예요?"

흐음, 하긴 조광만이가 그렇게 머리가 좋았으면, 빈집털이를 하다 살인을 하진 않았겠지.

"그래서 수사관님께서 직접 확인하신 거예요?"

"빙고! 근데 참 이상하죠. 조광만 말대로 윤선필은 대답을 회피했고, 윤선필의 부모님께선 조광만이 적은 내용이 맞다는 말씀을 하셨다는 게……."

흐음, 대체 뭐가 어떻게 된 거야? 도무지 감이 안 잡히네.

"검사님, 이제 어떻게 하실 건가요?"

윤선필은 왜 대답을 회피한 거야. 거기다 조광만은 거짓을 말한다고 하기엔 너무 절박했고… 어쩌면 그마저도 연기일지도 모르겠지만, 만에 하나 정말 둘의 몸이 바뀐 거라면 그땐……

젠장, 과거로 돌아오는 경험을 하고 나니 별생각을 다 하는구만.

"검사님?"

"아, 죄송해요. 잠시 생각을 좀 하느라. 일단 윤선필의 참고인 진술서를 한번 봐야겠어요."

"흐응, 뭔가 걸리는 점이라도 있습니까?"

조금 의문이 들긴 하지만, 그에게 말할 순 없었다.

"그런 건 아닌데, 윤선필이 조광만에게 잡혀 있던 시간이 어느 정도인지 궁금해져서요."

"아하! 만약에 윤선필이 잡혀 있던 시간이 길다면, 물어볼 시간도 외울 시간도 충분했단 말씀이시군요."

"아마도요."

"그럼, 윤 형사에게 연락해서 바로 보내달라고 하겠습니다."

지이잉—

경찰서에서 보낸 진술서가 도착했는지 팩스가 요란스러운 소리를 내기 시작했다.

어디 보자.

6월 21일 낮 10시경, 산에서 운동을 하다 흉기를 든 조광만에게 붙잡혀 산 깊숙한 곳으로 끌려가 강제로 그의 질문에 답해야 했고 6시쯤 풀려났다라.

핸드폰이 있으니 녹음을 했다고 쳐도, 놈이 종로경찰서에서 자수를 한 시간은 22일인 오늘 새벽 4시.

아무리 생각해도 시간이 너무 촉박한데?

"어떻습니까?"

"수사관님, 생각보다 잡혀 있던 시간이 길지 않은데요? 자수한 시기도 너무 빠르고."

"잠시 봐도 되겠습니까?"

수사관에게 진술서를 건네자, 잠시 살펴보던 그가 입을 열었다.

"그러게요. 가만… 오히려 역으로 생각해 보면 어떨까요?"

"그건 무슨 소립니까?"

"경찰서 한두 번 들락날락거린 놈도 아니니, 당연히 자신이 이렇게 나오면 우리 쪽에서 윤선필을 불러서 확인을 한다는 걸 알고 있지 않았겠습니까?"

"그 말은 시간이 길어지면, 외울 시간이 있었다는 게 되어버리니 자신이 불리해질 걸 알아서 오히려 치고 나왔다는 말씀인가요?"

"예, 생각해 보면 기본 인적 사항에 가족 사항만 더한 거 아닙니까. 그 정도 외울 시간은 되지 않요? 그 외에 몇 가지 개인적인 내용을 알고 있다는 게 걸리긴 하지만, 윤선필의 진술서에 놈이 그런 질문들을 했다고 적혀 있으니 문제 될 것도 없구요."

아무리 그래도 그 짧은 시간에 생판 처음 보는 사람의 일을 기억하는 게 가능할까?

"저희가 혼란스러워진 것도 따지고 보면, 가족에 대해 자세히 알고 있었던 점 때문이지, 다른 건 아니지 않습니까."

조광만이 의도적으로 그런 짓을 꾸몄을 거라는 수사관의 의견에도, 마음속의 의문은 커져만 갔다.

만약 정말로 조광만이 그를 협박해 족보 외에 세세한 가족 사항들까지 알아낸 것이었다면, 윤선필이 진술서에 그 내용을 적지 않을 이유가 전혀 없다.

"하지만 이걸로는 윤선필이 대답을 회피한 것은 설명이 되지 않는데요?"

"저도 그 점이 의문이긴 했는데, 다른 사정이 있지 않겠습니까. 흐흐, 설마 진짜 몸이 바뀌었을 리는 없잖습니까?"

수사관은 자신이 말해놓고도 어이가 없다는 듯 웃음을 터뜨렸다.

"그렇죠… 그래도 일단 궁금증부터 풀죠. 윤선필이 왜 그랬는지 윤 형사에게 알아봐 달라고 해주세요."

"예, 알겠습니다."

"그리고 정신감정 결과 나오면 바로 넘겨달라고 해주시고, 검찰로 송치될 때까지 조광만한테 윤선필에 대한 질문은 일체 하지 말고 살인 사건 수사만 진행하라고 전해주세요."

"예? 검사님, 그러다 정신감정 결과가 안 좋게 나오면 저희가 독박 써야 할지도 모르는데요?"

"고작 하루 동안 외운 것들을 검찰에 올 때까지 기억하고 있으면, 독박 써도 할 말 없죠. 죽어라 밝혀내는 수밖에."

내 의도를 알아차렸는지 수사관이 비릿한 미소를 지었다.

"무슨 말씀인지 알겠네요. 괜히 상기시키게 하지 말라는 거군요. 이거 일이 재미있어질 거 같은데요."

*　　　*　　　*

"검사님! 조광만이 정신감정 결과가 도착했습니다."

수사관이 싱글벙글한 걸 보니 결과가 나쁘지 않은가 보다.

"그래요? 어떻게 나왔습니까?"

"하마터면 골치 아플 뻔했는데 다행히 정상이랍니다."

"그러게요."

"검사님, 윤 형사가 바로 송치한다고 하는데 어떻게 할까요?"

"그렇게 하라고 하세요. 근데 어제 윤선필 씨한테 물어보라고 한 건 어떻게 됐습니까?"

"안 그래도 지금 말씀드리려고 했습니다. 갑자기 물어봐서 당황해서 그랬답니다. 어제 다시 물어봤을 땐 대답 잘하더라는데요?"

그냥 내가 과민했던 건가.

"그래요? 그러면 질질 끌지 말고 오늘 끝내죠. 오후에 조광만이 이송하라고 하세요."

"넵! 알겠습니다~"

책상 하나를 두고 조광만과 마주 앉은 조사실엔 무거운 침묵이 흐르고 있었다.

"조광만 씨."

이름을 부르자, 조광만이 고개를 들었다.

퀭한 눈에 정신이 반쯤 나간 것 같은 그의 얼굴이 섬뜩하게 느껴졌다.

"당신들… 천벌 받을 거야……."

"이 양반아, 천벌은 당신이 받아야지. 사람을 죽여 놓고 어디서 큰소리야?"

옆에 앉아 있던 이 수사관이 짜증 섞인 목소리로 그를 나무랐다.

"내가 아니라고! 씨발놈들아! 그 개새끼가 한 짓이라고!"

"씨발놈들? 아놔! 진짜, 이 개……."

화를 내는 수사관을 진정시키고 조광만을 쏘아붙였다.

"정신감정 결과도 정상이라고 나왔어. 당신은 윤선필이 아니야."

"내가 윤선필이라고! 그 이름으로 30년을 넘게 살아왔어!"

"그래요. 윤선필 씨, 그렇다 칩시다. 수사관님."

내 말에 수사관이 그에게 하려고 했던 질문들이 담긴 종이를 건네며 물었다.

"검사님, 다 끝났는데 이렇게까지 할 필요가 있습니까?"

이 수사관의 말처럼 저울이 기울어진 마당에 이런 질문들을 한다는 것이 무의미하다는 생각도 들었지만, 조광만의 모습이 마음에 걸렸다.

"혹시라도 법원의 명령으로 다시 정신감정 받아서 잘못될 경우에, 들이밀 증거는 있어야 될 거 아니에요."

"후, 알겠습니다."

"자칭 윤선필 씨, 질문을 좀 하겠습니다."

"또 정문식인지 뭔지 하는 인간을 죽였냐고 물어보려면 안 하는 게 나을 거야."

"당신이 원하는 질문일 테니 그런 걱정하지 않아도 됩니다."

그렇게 준비해 온 질문들이 끝나갈 무렵, 우린 뭔가 잘못됐다는 걸 깨달았다.

"왜요? 이사하기 전에 어디 살았는지도 말씀드릴까요?"

대체 왜? 이 인간이 정신감정에서 정상이 나온 거야?

이건 하루 동안에 알 수 있는 것들이 아니잖아.

윤선필, 조광만 둘 중 한 명은 거짓말을 하고 있다. 그리고 그건 조광만이 아닐지도 모른다…….

"검사님, 잠깐 이야기 좀 하시죠."

귓속말을 하는 수사관은 많이 당황한 듯 평소의 여유롭던 모습은 찾아볼 수 없었다.

"조광만 씨, 잠시 쉬었다가 다시 합시다."

손가락에 낀 커다란 금반지를 만지작거리며, 다시 말없이 고개를 숙이는 조광만을 뒤로한 채 방을 나섰다.

"하, 검사님, 여기서 멈추죠. 저 새끼 쇼하는 걸 겁니다. 몸이 바뀌었다는 게 말이 됩니까……."

"수사관님도 봤잖아요. 저건 외워서 말할 수 있는 게 아니에요."

"검사님! 살인자라고요. 이러다 저놈 무죄로 풀려날지도 몰라요!"

"그래도 이대론 안 되겠어요. 윤선필을 만나봐야 할 것 같네요."

"대체 어쩌시려고요? 증거까지 확실한데, 그냥 더 생각하지 말고 기소하시죠."

갑자기 윤선필을 보겠다는 내가 답답했는지 이 수사관이 자신의 가슴을 치며 말했다.

"지금 다 된 밥에 재 뿌리는 겁니다. 저 새끼한테 당하시는 거라구요!"

"걱정 마세요, 기소 안한다는 게 아니잖아요. 할 겁니다. 근데 윤선필 씨를 만나봐야 조광만이가 어떻게 저렇게까지 자세히 알고 있는지 알 수 있지 않겠어요?"

"하아, 저보다 이상한 사람은 없을 줄 알았는데, 제가 이번에 임자를 만났나 보네요. 후우, 내일쯤 출두할 수 있는지 연락해 보겠습니다."

미안하게 됐습니다. 겪은 일이 많은지라……

"예, 수사관님, 부탁 좀 드릴게요."

조광만이 검찰청으로 이송된 지 하루가 지난 23일.

약속보다 1시간이나 일찍 온 윤선필에게 사건에 대한 전말을 듣고, 다시 조광만의 심문을 시작했다.

"조광만 씨."

"왜요? 뭐 결론이 나왔습니까? 어차피 또 제가 조광만이란 이야기겠지만."

"그날, 조광만과 무슨 일이 있었습니까?"

"예? 그게 무슨 소리입니까?"

전혀 예상치 못한 말이었는지, 어제보다 한층 더 다크서클이 짙게 내려앉은 눈을 크게 뜨며 놀라고 있었다.

"당신이 조광만이 아니라 윤선필이라는 걸 알고 있다는 말입니다."

"진짜요? 괜히 이렇게 말해 놓고 증거로 쓰려고 그러는 거 아니에요?"

"그 전에 제가 잘리지 않겠습니까? 사람이 바뀌었다는 말을 하는 검사를 가만두겠어요?"

안심하라는 듯 그의 어깨를 잡자, 그가 갑자기 서럽게 울음을 터뜨렸다.

"감사합니다, 검사님……."

"윤선필 씨. 일단 진정하시고, 말씀을 해주셔야 할 것 같습니다. 지금 시간이 별로 없습니다. 수사관이 오기 전에 어떤 일을 겪었는지 들어야 합니다."

"예, 알겠습니다. 하… 일요일에 항상 등산을 하는데, 그날도 아침 9시쯤에 집에서 나와 평소에 가던 ○○산에 도착해 중간 정도 올랐을 때, 웬 괴한이 제 목에 칼을 들이대고 저를 위협했습니다. 그리고 그가 씨익 웃자마자 갑자기 제 주위로 보라색 빛이 쏟아졌고 전 그대로 정신을 잃고 말았습니다."

"보라색 빛이요?"

"예, 아직도 또렷이 기억이 납니다. 정말 소름이 돋을 정도로 차가운 느낌이었습니다."

"그래서 그 후엔 어떻게 됐습니까?"

"정신을 차리고 일어나 보니 어찌 된 영문인지, 이미 해는 저물어 있었고 괴한은 온데간데없었습니다. 그래도 죽지 않고 산 것만으로도 기적이라고 생각해서 서둘러 산을 내려왔는데, 뭔가 이상했습니다."

"무엇이요?"

"차키가 없는 겁니다. 분명 왼쪽 주머니에 항상 넣어놨었는데……. 그래서 혹시 떨어졌나 살피다 신발도 옷도 제 것이 아니라는 것을 깨달았죠."

그 후 자신이 다른 사람으로 바뀌었다는 걸 깨닫고 경찰서에 갔지만, 지명수배자였기에 그의 말을 믿는 사람은 없었고 그대로 체포되고 만 건가.

"알겠습니다. 말씀 잘 들었습니다."

조광만 이 개자식……. 대체 무슨 짓을 한 거야?

"검사님, 그럼 전 이제 어떻게 되는 겁니까."

"하아… 지금으로선 딱히 뭐라고 말씀드릴 수가 없네요. 죄송합니다. 방법을… 알아보겠습니다."

"꼭 좀 부탁드립니다. 이대로 감옥에 갈 순 없습니다."

울며불며 수갑을 찬 손으로 간절히 부탁하는 그에겐 미안했지만 안타깝게도 방법이 떠오르지 않았다.

젠장, 과거로 돌아오니 별 그지 같은 일을 다 겪는구만.

잠깐만, 혹시 그분이라면 가능하지 않을까?

인자하게 웃던 노스님이 머릿속을 스치고 지나갔다.

덜컥.

"아, 이제 범죄자한테도 커피를 대령하고 세상 참 좋아졌네."

갑자기 팔자에도 없는 커피 심부름을 하게 된 수사관이 투덜대며 안으로 들어왔다.

"이 수사관님, 저 대신 이 사람 심문 좀 해주세요."

"예? 검사님, 갑자기 커피 사오래서 이렇게 사왔더니 그게 무슨 말씀이십니까?"

"이번 사건 문제로 급하게 가봐야 할 곳이 있어서요."

억울함을 토로하는 이 수사관을 뒤로한 채 신형 SUV를 타고, 수원으로 향하는 동안 윤선필 씨의 탈을 쓴 조광만의 입가에 퍼지던 잔잔한 미소가 잊히지가 않았다.

"안녕하세요. 윤선필 씨 이렇게 와주셔서 감사합니다."

"아닙니다. 더운 날씨에 이렇게 고생하시는데 당연히 와야지요."

"그럼 조광만에 대해서 몇 가지 질문 좀 드리겠습니다."

"형사분께 말씀드렸는데 설마 그것 때문에 부르신 겁니까?"

"검찰 쪽에서 조사를 하면 다시 진술을 받아야 해서요."

"그래요?"

"예. 죄송하지만 부탁 좀 드립니다. 처음 그와 만났을 때부터 말씀해 주시면 됩니다."

"알겠습니다. 그날 운동을 하려고 산에 갔는데, 갑자기 이상한 놈이 저를 덮치지 뭡니까. 갑자기 요래, 칼을 목에 들이대는데, 오금이 저려서 움직이지도 못하겠더라고요. 그런데 그자가 저를 산속으로 끌고 가는 게 아니겠습니까…… 그 후로는 뭐, 제 가족이 어떻느니… 그런 이야기들이었죠. 근데 이제, 그 조광… 만인가 하는 놈은 어떻게 되는 겁니까?"

"정신감정도 정상으로 나왔고, 범행 증거도 확실하니 감옥에서 썩어야겠죠."

"잘됐네요. 그럼 이제 전 가 봐도 됩니까?"

청산유수 같은 조광만의 말에 하마터면 깜박 속을 뻔한 그때, 내가 자신을 눈여겨보고 있단 사실도 모르고, 잠시였지만 놈의 입꼬리가 마치 기쁨을 주체하지 못하는 사람처럼 실룩였다.

"예, 가보셔도 됩니다. 아, 혹시 괜찮으시면 가족분들 신상 좀 적어주시겠어요."

"검사님, 갑자기 그건 왜 필요하신 건데요?"

"조광만이 여기 와서도 미련을 못 버리고 계속 윤선필 씨라고 하는 통에 아예 싹을 밟아 버리려고요."

"그래요? 알겠습니다."

"아, 이젠 외가 쪽도 적던데, 그쪽도 좀 부탁드립니다."

"예……?"

"왜 그러십니까? 무슨 문제라도 있으십니까?"

"갑자기 물어보셔서 생각이 잘 안 나는데, 이따가 전화로 알려드려도… 될까요?"

조광만은 토씨 하나 틀리지 않고 적는 걸 본인인 넌 왜 몰랐을까?

윤선필을 심문하던 때를 생각하니, 치밀어 오르는 분노에 핸들을 잡은 손이 터질 것만 같았다.

하지만 그것도 잠시, 차 안으로 들어오는 바람을 맞으며 머리를 식히고 나자, 문득 의문이 들었다.

좀도둑에 불과했던 조광만이 대체 어떻게 몸을 바꾼 걸까? 쏟아져 내렸다는 보라색 빛은 또 뭐고?

제발, 스님께선 해결책을 알고 계셔야 할 텐데…….

초조한 마음에 과거로 돌아오지 않았다면 절대 믿지 않았을 황당무계한 사건의 유일한 희망인 그를 만나기 위해 차의 속도를 높였다.

"안녕하십니까."

소박하다 못해 아담하게 느껴지는 법문사 경내로 들어서자, 쉰은 족히 넘었을 스님께서 합장을 해왔다.

"안녕하세요, 스님."

숨을 고르며 그에게 인사를 하자, 의아해하며 그가 물었다.

"예, 시주님. 그런데 무슨 연유이기에 경내를 그리 급하게 달려오신 겝니까?"

"죄송합니다, 스님. 진명 스님께 여쭐 일이 있어 결례를 범하게 되었습니다."

"아닙니다. 오죽했으면 그랬으려고요. 한데 큰스님께 여쭐 일이라니요?"

"그게 개인적인 일이라……."

절박함이 통했는지, 잠시 생각을 하던 스님께서 고개를 끄덕이셨다.

"허허, 개인적인일이라……. 여쭤는 보겠지만, 큰스님께서 만나주실지 모르겠습니다."

"아마, 스님께서 사주를 봐주셨던 최승민이라고 전해주시면 아실 겁니다."

"절을 떠나신 적이 없으신 분인데, 큰스님과 안면이 있으신가 봅니다?"

"예. 몇 년 전에 한 번 뵀었습니다."

"그렇습니까? 그럼 그리 전해드리겠습니다."

음? 전에 왔을 때와 다른 곳에 머무시는 건가? 저쪽의 조그마한 법당에서 뵀었던 것 같은데?

"시주님, 큰스님께서 안으로 들라십니다."

경내의 3층 높이의 탑을 바라보며 잠시 기다리자, 노스님께서 밝게 웃으시며 내게 어서 오라는 손짓을 하셨다.

그곳으로 발걸음을 옮기는 동안, 마음을 추스르고 이곳에 온 목적을 다시 상기했다.

"허허, 오랜만일세. 그땐 풋내가 가득하더니 이젠 청년이 다 되었어. 세월이란 참… 어찌 이리 빠른지, 허허허."

방문을 열자 몸은 많이 야위셨지만, 여전히 기품이 흐르는 진명 스님께서 반갑게 맞아주셨다.

"예. 오랜만에 뵙습니다, 스님. 한번 찾아뵀어야 했는데, 또 이렇게 개인적인 일로 뵙게 돼서 면목이 없습니다."

"아닐세. 산골에 사는 늙은이를 잊지 않은 게 어딘가? 그래, 현광에게 들어보니 자네가 뭔가 곤란한 일을 당한 것 같다고 하던데 말씀해 보시게."

"예, 스님. 사실 제가 이번에 기이한 일을 겪게 되었습니다."

"기이한 일?"

"그게……."

윤선필 씨의 이야기를 듣던 스님께선 영혼이 바뀐 것 같다는 말에 눈썹을 파르르 떨며 물으셨다.

"자네 말은 사람의 영혼이 바뀌었다는 말인 겐가?"

"예. 아무리 생각해도 그것 말고는 설명이 되지 않습니다."

"이런… 어떤 자가 그런 짓을 할 수 있단 말인가! 자색의 빛이라……."

내가 과거로 돌아왔을 때처럼 떨리는 스님의 목소리에 불안감이 엄습했다.

"혹시⋯⋯."

무슨 말을 할지 알고 있다는 듯 스님께선 손을 휘저으며 크게 한숨을 내쉬었다.

"미안허이⋯⋯. 이건 도저히 내가 어찌할 수 없는 일인 것 같네."

"스님! 그게 무슨 말씀이십니까? 이건 천기를 거스르는 일이 아닙니까? 저에게 주셨던 부적으로⋯⋯."

"이 사람아, 나라고 모든 것을 알 수 있는 것은 아닐세. 다만, 그것이 사기라면 없앨 수 있지만 망자가 아닌 살아 있는 혼이 바뀐 것을 되돌리는 방법은 알지 못하네."

"그럼, 이제 어찌해야 합니까? 저는⋯⋯."

믿었던 스님께서 말없이 눈을 감으셨다.

그것을 보자 온몸에서 힘이 빠지며 나도 모르게 털썩 주저앉아버렸다.

스님마저 불가능하다고 하시면 그놈을 누가 막으란 말입니까⋯⋯.

이대론 조광만의 그림자를 또 다른 사람에게서 보게 될지도 모른다.

"그렇게 계시지 말고 제발 말씀해 주세요!"

"나라고 이러고 싶겠는가⋯⋯. 방법이 없는 것을 나더러 어찌하란 말인가?"

어깨를 부여잡은 채 빌어봤지만, 스님은 고개만 절레절레 저을 뿐이었다. 자신도 방법을 모르니 그만 가보라는 스님의 모습이 야속하기만 했다.

"스님!"

"미안허이……."

그런 힘을 가지고 있으면서도 해결 방법을 찾을 노력조차 하지 않으려 하다니…….

"제가 스님께 실망을 하게 될 줄은 몰랐습니다."

말을 마치고 박차듯 자리에서 일어나자, 그 소리에 스님이 눈을 뜨고 나를 바라봤다.

그는 무슨 말을 하고 싶은 눈빛이었지만, 더 이상 그를 보고 있을 자신이 없어 인사도 하지 않은 채 그곳을 나왔다.

차마 떨어지지 않는 발걸음을 옮기며, 이제 고삐 풀린 망아지처럼 날뛸 조광만을 떠올리니 가슴이 턱턱 막혀왔다.

벌컥.

채 열 걸음도 떼지 않았을 때 뒤에서 방문이 열리는 소리가 들렸다.

설마, 스님께서 나오신 건 건가?

한 가닥의 희망을 품고 뒤를 돌았을 때, 내게 돌아온 건 허탈감이었다.

"흐아아암~"

다른 방이었나? 남은 심란해 죽겠구만.

늘어지게 기지개를 켜는 사내에게서 고개를 돌리는데, 그의 태연스러운 목소리가 들려왔다.

"저기요."

"혹시 저 부르신 거예요?"

"예, 맞아요. 안녕하세요."

20대 중반으로 보이는 잘생긴 녀석이 남의 속도 모르고 실실 웃는 모습이 왠지 못마땅해 자연스레 내 말투는 퉁명스러웠다.

"예. 무슨 일 때문에 그러시는지 모르겠는데, 바쁘니까 물어볼 거 있으면 빨리 말하시죠?"

"이거 초면에 너무하시네. 하긴, 아까 옆방에서 할배랑 대화하는 거 들어 보니 그럴 만도 하겠어요."

대화? 할배? 젠장, 무슨 상황인지 대충 짐작이 갔다.

"어떻게 우연히 들었나 본데. 그냥 못 들은 척해주세요. 뭐 어디 가서 말해 봤자 믿을 사람도 없겠지만."

"흐음, 근데 저희 초면이 확실한 거죠?"

사람 말을 무시하고 자기 말만 하는 녀석을 내가 알 리가 있나?

"그런 것 같은데요."

"아닌데, 어디서 본 것 같은데⋯⋯. 내가 한 번 본 사람을 잊을 리가 없는데?"

그의 말에 다시 청년을 봤지만, 경박한 행동과는 달리 흰 눈썹에 맑은 눈동자를 가진 그의 얼굴은 아무리 생각해도 내 기억 속에 없었다.

"아무래도 다른 사람이랑 착각하신 거 같네요. 그럼 이만."

"최. 승. 민. 그래, 너 최승민 맞지?"

그가 반가워하며 곁으로 다가왔지만, 누군지 도저히 떠오르지 않았다.

"나 모르겠냐? 광현이랑 같이 한 번 봤었잖아."

광현이면 혹시 박광현?

그놈이랑 같이 본 사람은 과 동기 말고는 녀석의 동아리 친구밖에 없는데 내가 모를 리가 없잖아.

"야~ 이거 서운한데. 설마 그새 까먹었냐? 나야, 서민후."

"뭐⋯⋯?"

그 말을 듣는 순간 나도 모르게 녀석의 멱살을 잡고 말았다.

"워워⋯ 우리 이럴 정도로 친한 사이는 아니었잖아."

가는 날이 장날이라더니, 오늘은 오라지게 운도 없는 날인가보다. 일은 일대로 꼬이고, 다시는 만나고 싶지 않은 놈까지 만나게 되다니.

"그래, 말 잘했다. 너 때문에 광현이 자식이 어떻게 됐는데……. 우리가 친할 수 있겠냐. 여기가 절만 아니었어도 넌 죽었어."

"그 일은 나도 미안하게 됐다. 광현이한테 이미 사과도 했는데, 그냥 어린 날의 치기라고 생각해 주면 안 될까?"

멱살을 풀어달라는 듯 내 손을 톡톡 치며 녀석이 씨익 웃었다.

"광현이가 널 용서했든 말든 그건 내 알바 아냐. 가뜩이나 짜증나는데, 사람 열 받게 하지 말고 그만 꺼져라."

"나도 그러고 싶은데, 지금은 안 돼."

"그럼 내가 가지 뭐. 다음엔 만나도 아는 척하지 마라."

씨발, 재수가 없으려니까. 만나도 저딴 새끼를…….

"내가 마음에 안 드는 건 알겠는데, 그래도 그렇게 가면 후회할 텐데?"

뒤에서 같잖은 소리를 해대는 광현의 인생을 망칠 뻔한 쓰레기에게 가운뎃손가락을 들어 올렸다.

"어라? 최승민. 사람 몸 바뀐 거 되돌리고 싶다면서 그렇게 가도 되겠어?"

"화난 거 안 보여? 진짜 죽고 싶냐? 머리 좋은 놈이 왜 이렇게 눈치가 없어?"

"그건 내가 하고 싶은 말인데? 해결해 주겠다는 거잖아. 이 서민후 님께서."

녀석의 황당한 말에 실소가 나왔다.

진명 스님도 해결하지 못하는 걸, 절간에 얹혀사는 주제에 뭐가 어쩌고 저째?

"아직도 사람 가지고 노는 게 재밌나보네? 근데 그것도 사람 봐가면서 해야 하지 않겠냐?"

"새끼, 얼굴 뚫어지겠다. 나도 짚이는 게 있어서 그러는 거니까 그만 좀 노려봐. 야, 혹시 영혼이 바뀌었다고 했던 그 사람 요상한 반지 하나 끼고 있지 않았어?"

반지? 그러고 보니, 윤선필 씨가 커다란 금반지를 만지작거렸었잖아.

"그렇게 놀라는 거 보니까, 맞나보네?"

스님도 모르고 계신 일을 이 녀석이 안다고?

"니가 어떻게 알았어?"

"옛날에 잡기백서인가 하는 책에서 본 기억이 있어. 영혼이 바뀐다나 뭐래나. 읽을 땐 어이가 없었는데 진짜였나 보네."

"그 책은 지금 어디 있는데!"

"없어. 예전에 여기 있었는데, 그게 나 꼬맹이일 때야. 그게 지금까지 있을 리가 있겠냐?"

"꼬맹이?"

"나 고아였거든. 그래서 할배가 데리고 온 뒤로는 쭉 여기서 자랐어."

이 녀석이 여기서 자랐다고? 그 말에 걸리는 게 있었지만, 지금 중요한 건 그게 아니었다.

"그런데 이 절에 있었던 걸 주지 스님께선 왜 모르시는 건데?"

"아… 창고에 처박혀 있던 걸 놀다가 우연히 본 건데, 할배가 그걸 어떻게 알겠어. 안 그래……?"

녀석의 행동이 뭔가 미심쩍었지만, 사안이 사안이었기에 넘어가기로 했다.

"그렇다 치자. 해결책은 알고 있는 거야?"

"내 기억이 맞다면 아마도?"

대체 안다는 거야, 모른다는 거야?

"야, 서민후, 지금 장난해?"

"알고 있으니까 걱정 마. 그것보다 내가 책에서 본 내용이 사실이라면 이대로 있다간 그 사람 죽어."

"뭐? 갑자기 그게 무슨 소리야. 그 사람이 죽는다니?"

"말 그대로야. 영혼을 바꾸기 위한 계약 조건이지."

"계약 조건?"

"계약자 생명의 절반, 그리고 영혼이 바뀐 자의 목숨."

이곳이 법문사가 아니었다면, 당장에 자리를 박차고 나갔을 그 말을 지금 믿으라고 하는 건지…….

"야, 니 말대로면 영혼이 바뀐 자는 이미 죽었어야 하잖아?"

"다행히 시간이 필요한 모양이야."

"얼마나?"

"내 기억이 맞으면 3주 정도였을 거야."

"잡기백서란 책에 그렇게 써 있었단 말이지……?"

미심쩍은 내 눈빛을 읽은 녀석은 내 마음을 이해한다는 듯 한숨을 내쉬며 말했다.

"그래. 네가 무슨 생각하는지 알겠는데, 요점만 말해줄 테니 잘 들어. 사실 반지가 무슨 힘이 있다고 사람의 영혼을 바꾸겠냐? 그 반지를 마지막으로 봉인했던 유하라는 사람이 쓴 잡기백서에 의하면 그 반지에 갇힌 악령 때문이야."

"악령?"

"어, 오래전에 영험한 무당이 하나 있었는데 아무리 노력해도, 당시 최고라고 불렸던 도사를 넘어설 수가 없었나 봐. 그무당이 열등감을 느끼다 미쳐버렸는지 도사의 몸을 뺏으려는 마음을 먹어."

"그래서?"

"뭘 그래서야, 영혼을 바꾸는 주술을 만들어서 도사에게 쓴 거지. 근데, 오히려 도사가 자신이 끼고 있던 반지에 무당의 영혼을 봉인을 해버려."

도사가 봉인을 했다는 말을 하던 녀석이 갑자기 인상을 푹 썼다.

"하, 문제는 무당이 반지에 갇혀서도 계속 도사의 몸을 뺏으려고 했다는 거야. 결국 도사는 자신의 힘으로는 감당을 할 수 없다는 걸 깨닫고, 반지에 주문을 새겨서 자신만 아는 장소에 그걸 봉인하게 돼."

짧게 말한다더니 왜 이리 말이 길어.

"야, 서민후. 그런 이야기 듣고 있을 시간 없으니까, 본론만 말해."

"알았어, 자식아. 이건 너도 알아야 할 것 같으니까 말하는 거지. 나라고 질질 끌고 싶겠냐. 어쨌든 세상에 영원한 비밀이 어디 있겠어. 도사의 몇 대 밑의 제자가 우연히 그걸 찾아내게 되면서 사건이 시작된 거야. 멍청한 자식이 처음엔 선대의 유품이겠거니 여기다 반지에서 들려오는 무당의 말에 솔깃하게 되지."

"육체를 바꿀 수 있다면 영원히 살 수 있다?"

"그래. 니 말대로, 그 말에 혹한 녀석은 그걸로 자신의 제자들을 희생시키면서 수백 년 동안 몸을 바꾸며 살아가지."

"대체 어떻게? 반지는 계약을 한 사람이 계속 끼고 있잖아?"

"그게 사실은… 반지를 낀 사람이 죽게 되면 흔적도 없이 사라져 버려. 그러니 가둔 후에 반지만 찾아오면 되지 않겠어."

"뭐?"

"내가 그런 것도 아닌데 그런 눈으로 보지 말아줬으면 하는데? 아무튼 그러다, 그의 제자 중 한 명이 스승이 실종을 당했는데도 태연한 자신의 사형을 의심하게 되고, 결국 놈을 미행한 제자가 지하에 본래 스승과 영혼이 바뀐 채 갇혀 있는 사형을 발견하게 돼. 그 후엔 제자가 둘의 영혼을 다시 바꾸면서 녀석의 악행도 끝을 맺지. 그때 제자가 갇혀 있던 사형에게 들었던 말이 아까 그 계약에 대한 내용이야."

"잠깐, 말이 안 되잖아. 무당을 가뒀다는 도사도 어찌하지 못했는데, 제자가 그 힘을 누르고 둘의 영혼을 다시 바꿨다면 그 악령을 없앨 수도 있었던 거 아냐?"

"야, 그랬으면 지금 이런 일이 일어날 리가 없잖아. 제자는 그저 영혼을 다시 제자리로 돌려놨던 것뿐이야."

"무당의 힘도 만만치 않았다면서 어떻게 그게 가능했던 건데?"

"무당을 봉인했던 도사가 이런 사태를 미리 예견해서, 그 반지 위에 바뀐 영혼을 원래 자리로 되돌리는 주문을 새겨 놓았던 모양이야."

잠깐, 이놈이 해결을 할 수 있다고 말을 했던 건…….

"그럼, 넌 그 주문이 뭔지 알고 있다는 거네?"

"당연한 거 아냐? 안 그럼 입 아프게 이런 이야기를 왜 하고 있겠냐."

다른 것도 아니고, 어릴 적에 창고에서 우연히 찾은 책에서 본 주문을 지금까지 기억하신다? 그거야말로 말이 안 되지.

아무리 생각해 봐도 스님께서 알려 주신 게 분명했다.

잡기백서는 무슨… 역시 사람 속이는 재주만큼은 타고났구나.

"그래? 근데, 우연치곤 참 묘하지 않냐?"

"뭐가? 또?"

"스님도 모르는 내용을 알고 있는 니가 마침 딱 이곳에 있다는 게……."

"야! 대체 무슨 생각을 하는 거야? 나도 여기 있고 싶어서 있는 게 아니라, 현광 아저씨가 할배가 갑자기 편찮다고 해서 휴가까지 쓰고 내려온 거거든?"

갑자기 내려왔다는 녀석의 말에 내 생각이 맞았음을 확신했다.

"그래?"

"어, 어제 내려왔어. 와보니까, 아프기는 개뿔. 멀쩡한 얼굴로 내려온 김에 쉬다 가라고 하더라. 나 참 어이가 없어서……."

말을 하던 녀석이 진명 스님이 머물고 계신 방을 보면서 투덜대기 시작했다.

이 망나니 같은 녀석에게 알려주시다니, 스님께선 대체 무슨 생각을 하시고 계신 건지…….

혹시 직접 나서지 못하시는 이유라도 있으신 건가. 아니, 그렇다면 내게 말씀해 주셔도 됐을 텐데?

"무슨 생각을 그렇게 해?"

"그게 아무래도 너한테 맡기는 건 좀 그런 것 같아서 말이야. 그 주문이 뭔지 말해봐."

"미안하지만, 나도 남을 믿는 성격이 아니라 그건 조금 곤란해. 만약 잘못되면, 두 번 다시 막지 못할지도 몰라서 말이야."

장난기가 싹 가신 놈의 모습을 보니, 스님께서 녀석에게 뭔가 당부한 게 있는 것 같았다.

"믿음은 안 가지만 어쩔 수 없지. 주문이나 까먹지 마."

"걱정 마. 나도 사연이 조금 있어서 잊으려 해도 잊을 수가 없으니까."

사연은 무슨, 평소처럼 실실대다 스님께 된통 혼났겠지.

"그럼 출발하자. 더 늦기 전에 해결해야지."

"출발하는 건 문제없는데, 조건이 하나 있어."

"사람 목숨 구하는 데 무슨 조건이 필요해……?"

이를 갈며 녀석을 바라보자, 놈은 오해하지 말라는 듯 손을 번쩍 들었다.

"니가 광현이 때문에 날 못 믿는 건 알겠는데, 사실 이건 부탁에 가까워. 아까 너한테 말했듯이 영혼을 돌려놓는 거지. 그 망할 반지를 없앨 방법은 우리한테 없어. 그래서 말인데 반지는 내가 처리할게."

"지금 장난하냐? 니 말대로 내가 널 어떻게 믿고 그 위험한 걸 맡겨?"

"하… 이럼 곤란해지는데……."

"잔머리 그만 굴리고, 그냥 반지는 스님께 맡기는 게 어때?"

"이거 괜한 고민을 했나보네."

"뭐가?"

"나도 할배한테 맡기려고 했거든. 서로 마음이 통했나 봐?"

지랄하고 있네. 여차하면 가지려고 했던 게 아니라?

"이제 다 된 거지?"

"아 잠깐, 생각해 보니까 둘이 같이 있어야 주문이 통하는데?"

"둘이라니?"

"뭐긴 뭐야. 바뀐 인간들 말이야."

"그 중요한 걸 왜 이제야 말해!"

스님, 대체… 왜 이런 놈에게 그런 중요한 일을 맡기신 겁니까.

"미안, 하도 오래전 일이라 깜박했어. 너 표정이 왜 그래? 혹시 곤란한 거야?"

당연하지, 등신아. 그걸 지금 말이라고 해?

"야, 서민후. 하나는 범죄자고, 하나는 피해자야. 대체 어떻게 한 곳에 있게 하라는 거야?"

"흐음. 그 살인 사건 말이야, 재판하면 이길 수 있는 거야?"

"그렇긴 한데, 갑자기……."

아하, 법원에서 만나게 하자?

"이제 그 문젠 해결된 건가?"

서민후 녀석의 자신만만한 표정이 마음에 들지 않았지만, 증인이라면 강제로 끌고 올 수도 있으니, 가장 확실한 방법인 건 분명했다.

"그래. 그럼, 재판 날짜 잡히면 그때 만나기로 하자."

"서두르는 게 좋을 거야. 3주라고 말은 했지만, 정확한 건 나도 모르니까."

그렇게 서민후에게 사건을 해결할 수 있는 실마리를 얻고 검찰청으로 돌아오자, 이 수사관이 난리도 아니었다.

"검사님, 이건 너무하신 거 아닙니까?"

"미안해요. 급하게 알아볼 게 있어서요. 그것보다 조광만한 테선 뭐 좀 알아내셨어요?"

"아니요, 검사님 가시고 나선 살인 사건에 대해 물어봐도 한마디도 안 하는 통에 그냥 포기했습니다. 증거도 확보된 마당에 힘 뺄 필요 있나요."

"그래요. 증거도 확실한데 수사관님 말대로 그냥 기소하죠."

"정말입니까! 검사님?"

"예, 더 끌어봐야 우리한테 좋을 게 없을 것 같아요."

"대체 뭘 알아보셨길래, 갑자기 마음을 바꾸신 겁니까?"

"그냥 정신과 전문의한테 조언을 좀 받았어요."

"그렇습니까? 아무튼 잘됐네요. 바로 준비하시죠?"

"예, 그리고 이번 공판은 제가 직접 해야 할 것 같아요."

"아무래도 사건이 복잡해서, 저도 그러시는 게 나을 것 같다고 생각했습니다."

*   *   *

"확실히 바꿀 수 있는 거지?"

"그래. 그만 좀 물어봐라. 이러다 주문 까먹겠다."

법원 앞에서 만난 서민후는 며칠 전부터 요상한 여자가 꿈에 나타나 자신을 죽이려고 한다는 윤선필 씨의 말 때문에 초조한 나와 달리, 조금의 긴장도 하지 않는 모습이었다.

"너한테 한 사람 인생이 걸려 있는데, 조금이라도 진지해지면 안 되겠냐?"

"나도 지금 너만큼 진지하거든? 티가 안 나서 그러는 거지."

말이나 못 하면…….

"믿는다. 제발 스님 얼굴에 먹칠하는 짓은 하지 마."

"부담되게 여기서 할배는 왜 들먹거리냐? 그런 걱정 말고 재판이나 잘해. 그러다 다 잡은 놈 놓친다."

"그래, 알았어. 끝나고 보자."

"응. 아, 승민아."

"왜? 또?"

"어쩌면 환상 같은 걸 볼지도 몰라. 만약 보더라도 놀라지 말라고."

법정에 들어서자, 반지에 갇힌 무당이 들을지도 모른다는 서민후의 말을 듣고 윤선필 씨에겐 아무런 이야기도 하지 않은 탓에 피고석에 앉아 있는 그는 원망에 찬 눈으로 이쪽을 노려보고 있었다.

탕! 탕! 탕!

"그럼 지금부터 본 법정을 개정합니다."

법정엔 재판의 시작을 알리는 재판장의 망치 소리가 울려 퍼졌다.

이제 시작인가?

방청석에서 미세하게 한쪽 입꼬리를 올린 조광만을 가리키는 서민후에게 나는 고개를 끄덕였다.

"그럼, 검사 측 먼저 논고하십시오."

재판장의 말에 조광만이 살인을 저지르고 나서 자신의 죄를 면하기 위해, 증인인 윤선필을 협박해 그의 행세를 하고 있다는 진술을 늘어놓자, 조광만의 변호사가 변론을 해왔다.

"존경하는 재판장님, 검사 측의 주장과는 달리……."

변호사가 자신의 변론을 하든 말든 체념한 듯, 고개를 숙이고 있던 윤선필 씨의 시선이 갑자기 방청석 쪽으로 향했다.

그러더니 순식간에 자리를 박차고 일어나, 희번덕거리는 눈으로 뭐라고 중얼거리는 서민후를 죽일 듯 노려봤다.

"피고! 지금 무슨 짓입니까!"

재판장이 큰 소리로 외쳤지만, 그는 말릴 새도 없이 서민후에게 달려들려고 하고 있었다.

대체 어떻게 된 거지?

정신을 차리고 서둘러 주변을 둘러보자, 무슨 일이 있었냐는 듯 고요하기만 했다.

하지만 법정에 있던 사람들 모두 어리둥절한 표정으로 주변을 살피는 모습에서 환상을 본 것이 나만이 아님을 알 수 있었다.

"대체… 이게 어떻게 된 일이지……?"

피고석에 앉아 있는 조광만이 믿을 수 없다는 듯 수갑을 찬 자신의 모습을 멍하니 바라보고 있었다.

"반지… 내 반지……. 이럴 순 없어."

얼마나 필사적으로 없어진 반지를 찾는지 그 모습이 안쓰러울 정도였다.

이게 녀석이 말했던 환상인가?

겪고 나서도 믿기지 않는 현실에 황당한 눈으로 서민후를 쳐다보자, 그는 이제 다 끝났다는 듯 작은 목함을 보이며 미소를 짓고 있었다.

"이제 다 해결됐으니까, 넌 남은 재판이나 신경 써. 이건 내가 할배한테 잘 말할게."

하마터면 능청스러운 녀석의 말에 무심코 허락을 할 뻔했다.

"웃기지마. 널 어떻게 믿고. 데려다줄게. 타."

"이 정도 했으면 믿어줄 때도 되지 않았냐?"

자연스레 뒷자리로 향하는 녀석의 목덜미를 잡아 조수석에 앉혔다.

"야, 최승민, 그 손은 뭐냐? 어쩌라고?"

내가 믿는 건 스님이지, 네놈이 아냐.

"반지 보여 달라고, 목함에 있다는 걸 어떻게 믿어."

"후회할 텐데?"

"지금 확인 못 해서 평생 후회하는 것 보단 나아."

"잠깐만 열었다가 바로 닫을 테니까. 잘 봐라."

확고한 내 모습을 본 녀석이 어쩔 수 없다는 듯 목함을 열었다.

목함이 열렸다 닫히는 그 찰나의 순간, 스산한 여자의 목소리가 들려왔다.

—가만두지 않을 것이다! 엔타자르…….

탁!

뭐야? 방금 그건…….

여자의 말은 목함이 완전히 닫히자 더 이상 들려오지 않았지만, 소름 끼치는 목소리는 여전히 귓가를 맴돌고 있었다.

"거봐, 내가 후회할 거라고 했지?"

"머리 아프니까, 잠깐만 입 좀 다물어."

"하여간 성질은… 야, 계속 들리면 속으로 욕이라도 지껄여. 그러면 좀 나을 거야."

녀석 역시 그 목소리가 들리는지, 이야기를 하면서 계속 머리를 털고 있었다.

"엔타자르?"

아까 목함이 닫히기 전, 그 여자가 했던 말이 떠올라 나지막이 혼잣말을 하자 민후 녀석이 대꾸를 해왔다.

"글쎄? 망할 년이 무슨 주문이라도 외우려던 게 아니었을까?"

"그런가?"

"야, 알아서 뭐하게? 자기 일 망친 놈들한테 좋은 말을 했을 리 없잖아. 그냥 신경 끄고 얼른 출발이나 해."

그게 무슨 상관이냐는 듯 눈썹을 꿈틀거린 민후 녀석이 태연하게 시트에 몸을 기댔다.

하긴, 다 해결된 마당에 굳이 알 필요 없겠지.

"흐암……."

그 후 한마디 대화도 없이 20분 정도 지나자, 지루한지 민후 녀석이 크게 기지개를 켜며 하품을 했다. 그때 조광만에게 집중을 하느라, 미처 신경 쓰지 못했던 그의 새하얀 눈썹이 눈에 들어왔다.

"지루하냐?"

"당연하지. 안 그러면 그게 사람이야? 됐으니까 신경 쓰지 말고 운전이나 해."

"야, 그러지 말고 나도 지루했는데, 뭣 좀 물어보자."

"나한테 궁금한 게 다 있었어?"

퉁명스럽게 말은 했지만, 표정을 보니 내가 말을 건 것이 내심 기분이 좋은 모양이었다.

"다른 게 아니라, 대체 눈썹은 왜 하얗게 염색하고 다니는 거야?"

삼국지에서 마 씨 오형제 중, 으뜸은 백미 마량이라던 이야기가 떠오르게 만드는 녀석의 눈썹을 가리키며 물었다.

"진짜 나한테 관심이 없다는 걸 알았지만, 이걸 이제야 눈치 챈 거야?"

"미안하게 됐다. 반지 일 때문에 다른 거 신경 쓸 겨를이 없었거든."

어련하시겠냐며 투덜대던 녀석이 썩소를 지은 채 입을 열었다.

"가만있자, 그게 언제였더라. 아! 대학교 때, 엠티 다녀오고 나서 다음 날 눈 떠보니까 이렇게 변해 있더라."

"뭐? 무슨 병이라도 걸린 거 아냐? 멀쩡하던 눈썹이 갑자기 왜 하얘져."

"그런 거 아니니까 걱정 마."

비단 눈썹만이 아니라 녀석의 눈빛도 과거와는 달라져 있었다. 녀석에 대한 궁금증은 커져만 갔다.

"혹시 무슨 짐작 가는 일은 없어?"

"없어. 이제 내가 좀 물어보자."

계속 캐묻는 내가 불편했는지 말을 돌리는 녀석의 행동에 아쉬움을 달래야 했다.

"나한테?"

"어, 할배는 대체 어떻게 알게 된 거야? 할배가 너한테 바둑을 두자고 했을 리는 없고, 신자였다면 법문사에서 내가 널 못 봤을 리가 없잖아?"

"아, 별거 아냐. 어머니께서 스님께 내 사주를 보러 갔었는데, 본인이 직접 봐야 정확하다고 해서 한 번 뵀었어."

"그래? 겨우 사주 때문에 한 번 본 사이인데 할배한테 이런 부탁을 했던 거야?"

"스님께서 봐주신 사주가 워낙 신통해야 말이지."

"그래⋯⋯? 대체 뭐였는데?"

"그냥⋯⋯."

트드득.

아리송한 표정을 짓고 있는 녀석에게 어떻게 둘러댈까 고민하고 있을 때, 무언가 부서지는 소리가 들려왔다.

난감한 상황이었기에 다행스럽긴 했지만, 왠지 모를 불길한 느낌에 서둘러 소리가 난 쪽을 바라보자, 목함의 여러 곳에 금이 가 있었다.

"아씨, 할배한테 혼나겠네. 저거 할배가 아끼는 건데⋯⋯."

이 미친 새끼야. 지금 이 상황에서 그런 말이 나오냐⋯⋯.

"야, 서민후! 그런 태평한 소리 하지 말고 저거나 어떻게 좀 해봐!"

"내가 무슨 수로?"

"뭐? 그럼 아무런 대책도 없이 저것만 달랑 들고 왔단 말이야?"

"이럴 줄 알았나······. 이러다 큰일 나기 전에 얼른 할배한테 가자. 속도 좀 올려봐."

"하, 너랑 엮일 때부터 왠지 불안하다 싶었다."

점점 심해지는 목함의 균열만큼, 차의 속도도 높아져 갔다.

"헉··· 승민아, 헉··· 그냥 던져 버릴까?"

멀리 법문사가 눈에 보일 때쯤, 민후 녀석이 이제는 살짝 건들기만 해도 부서질 것 같은 목함을 신줏단지 모시듯 조심스럽게 받친 손을 내밀었다.

죽어도 자신이 들겠다고 고집을 부리던 주제에 이제 와서 약한 소리는······.

"헛소리할 시간에 얼른 달리기나 해!"

심장을 조여오는 공포 속에서 법문사에 당도하자 반가운 얼굴이 우릴 맞아주었고 그제야 안도의 한숨을 내쉴 수 있었다.

"할배!"

스님의 모습에 민후 녀석이 날듯이 그에게 뛰어가자, 스님께선 이미 우리의 사정을 알고 있는 것인지 아무 말 없이 목함을 바라보았다.

"민후야, 그것을 이리 주거라."

"할배··· 괜찮겠어······?"

그가 머뭇거리며 목함을 건네자, 위태위태하던 목함은 스님의 손바닥 위에서 그대로 부스러져 버렸고 불길하던 반지가 모습을 드러냈다.

"할배!"

경악하는 민후 녀석의 외침과 함께 소름 끼치는 목소리가
또다시 귓가에 울렸다.

"갈!"

스님께서 지금껏 본 적 없는 격노한 얼굴로 호통을 치자, 신
기하게도 더 이상 소리는 들려오지 않았다.

"요망스러운 것! 감히 망령 따위가 세상을 혼란에 빠뜨리려
하다니! 천기를 어지럽히려 한 죄를 받아야 할 것이야."

그렇게 말씀하신 스님께선 눈을 감고, 불경을 외우기 시작
했다.

그러자 스님의 손에 놓여 있던 반지는 순식간에 재로 변해
바람에 흩날려 그 자취를 감췄다. 그 모습에 우린 아무 말도
하지 못한 채 한동안 멍하니 스님만을 바라볼 수밖에 없었다.

"할배, 대체… 어떻게……?"

민후 녀석이 믿을 수 없다는 듯 멍한 눈으로 스님을 바라보
자, 인자하게 웃으신 스님께선 녀석의 머리를 쓰다듬으며 말씀
하셨다.

"인석아, 뭘 그리 놀라?"

"할배, 할배 같으면 눈앞에서 반지가 사라졌는데 안 놀라겠
어?"

"더한 일도 겪은 녀석이 흰소리는……."

"뭐… 그렇긴 한데……."

민후 녀석이 민망해하며 머리를 긁적이자, 스님께선 그 모습을 잠시 바라보다 내게 말씀하셨다.

"승민 군, 자네도 고생이 많았어. 이왕 여기까지 온 거 저녁이나 먹고 가시게나."

안 그래도 스님께 여쭤봐야 할 게 있었던 내겐 반가운 일이었다.

"예, 스님. 그럼 신세를 좀 지겠습니다."

고개를 끄덕인 스님께선 방금 무슨 일이 있었냐는 듯 유유자적한 걸음으로 경내로 들어가셨다.

"하여간 정말 모르는 게 뭔지……."

그건 내가 하고 싶은 말이다. 이렇게 시원스럽게 해결을 하신 분이 그때는 왜 그러신 건지……. 도무지 속내를 알 수가 없는 분이라니까.

"아휴, 이러고 있다 한 소리 듣겠네. 승민아, 들어가자."

녀석과 함께 스님이 계신 방 안으로 들어서자, 녀석을 못마땅하게 보시던 스님께서 한마디 하셨다.

"이놈아, 너까지 이리 오면 누가 저녁을 준비하란 게냐?"

"보살 아줌마한테 부탁하면 되지, 왜 화를 내요!"

"아직 저녁때도 아닌데, 그걸 지금 말이라고 하는 게야? 쯧

쯧쯧. 대체, 네놈은 언제 사람이 될꼬……."

"알았어요. 내가 한다고! 진짜 하나밖에 없는 손자를 이리 박대하나……."

민후 녀석이 구시렁대며 터덜터덜 발걸음을 돌리자, 스님께서 안으로 들라는 손짓을 하셨다.

"자, 어서 앉으시게나."

"예. 스님, 저번에 인사도 드리지 않고 돌아간 일은 정말 죄송합니다."

"아닐세. 그럴 만했어. 내게 많이 서운했을 게야."

"아닙니다. 그래도 예의가 아니었다 생각합니다."

"허허허. 괜찮대도 그래. 곧 있으면 민후 녀석이 올 텐데 이렇게 시간을 허비해서야 되겠는가?"

"제가 질문을 드리려고 한다는 것을 알고 계셨습니까?"

"그렇지 않았다면 바쁜 자네를 굳이 뭐 하러 불렀겠는가? 편히 말씀해 보시게나."

"예, 스님. 그럼 여쭤보겠습니다. 그날, 대체 왜 할 수 없다 하신 겁니까?"

아직도 생생한 방금 전의 일을 떠올리며 스님께 묻자, 그가 알 수 없는 미소를 지은 채 고개를 저었다.

"허허허. 이미 끝난 일을 더 꺼내서 무엇하겠는가. 이 일은 이만 넘어가세나. 자네가 내게 묻고 싶은 것은 그게 아니지 않은가?"

"역시, 스님께선 정말 대단하십니다."

이번 일 역시 궁금하긴 했지만, 스님의 말씀대로 정말로 묻고 싶었던 것은 그게 아니었기에, 마치 내 마음속을 꿰뚫고 있는 것만 같은 스님께 이젠 경외심마저 들었다.

"예, 그럼 단도직입적으로 묻겠습니다. 처음 저를 봤을 때, 제게 곧 알게 될 거라고 하셨던 말씀은 이 일을 뜻하는 것이었습니까?"

"자네의 말이 맞네."

"그렇다면 스님께서 마음을 바꾸신 데는 민후와도 연관이 있다는 말씀이시군요."

올 것이 왔다는 듯 천천히 눈을 감으신 스님께서 천천히 고개를 끄덕이셨다.

역시나… 였나? 그러지 않았다면, 올곧은 스님께서 천기를 거스르는 일을 허락하실 이유가 없었겠지.

"내 천기를 읽게 되고 나서 하지 말았어야 할 짓을 하고 말았네."

"민후의 운명을 보신 겁니까?"

"그렇네. 속세의 연을 끊지 못하고 자네를 과거로 오게 만든 이 미련한 늙은이를 원망하시게."

"아닙니다, 스님. 사정이 어찌 됐든 제 목숨을 구해주셨는데, 제가 감히 어찌 그럴 수 있겠습니까?"

"그리 생각해 준다니, 다행이구만."

이렇게 스님께 원하던 답을 들었지만 의문은 더욱 커져만 갔다.

"그런데 스님, 제가 사주를 보러 왔을 당시에는 민후와 전 일면식도 없는 사이였습니다. 대체 그날 무엇을 보셨기에 그러 셨던 겁니까?"

"그날 내가 본 것은 생이라는 한자였네."

생? 그 한 글자 때문에 천기를 되돌리지 않았다고?

"예? 저는 스님의 말씀이 무슨 뜻인지 잘 이해가 되지 않습 니다."

"민후 저 아이의 운명을 본 그날, 처음으로 부처님을 원망하 고 말았네. 안 그래도 부모를 잃었는데 자신마저 비참하게 죽 을 운명이라니……. 너무 가혹하지 않은가?"

그 말을 하는 스님의 눈빛이 너무 쓸쓸해 보였다.

"결국 그 아이를 구할 방도를 찾아보았지만, 답은 나오지 않 았네. 그러던 차에 자네가 찾아온 것일세. 그리고 자네의 사 주에서 그 글자를 보는 순간 알 수 있었네. 자네를 과거로 돌 린 이가 바로 나였다는 것을."

행운이었다고 생각했었는데, 결국 난 또 다른 파도에 휩쓸 렸던 건가?

"그럼 스님의 말씀대로라면 제가 민후를 살리게 된다는 말씀입니까?"

"이미 자네는 오래전에 저 아이의 목숨을 구했다네."

오래전이라고? 내가 녀석을 만난 것이 이제 고작 세 번인데?

"스님, 저는 그런 일을 한 기억이 없습니다."

알 수 없다는 표정을 지어 보였지만, 스님께선 빙그레 웃으시며 고맙다는 듯 내 손을 잡아왔다.

"그렇지 않다면, 스물이 갓 넘은 나이에 죽었어야 할 저 아이가 지금까지 살아 있을 리가 없지 않은가?"

스님의 말에 기억을 하나하나 더듬어 내려갔지만, 평범한 일상들만이 내 삶을 채우고 있었다.

대체 뭐지? 과거로 돌아왔다고 해도, 돌아와서 미래를 바꾼 것이라곤 살인마 두 놈을……

그랬던 건가? 나도 모르는 사이에 녀석을 구했다는 거군.

"민후 녀석이 화가 단단히 난 것 같으니 이야기는 여기까지 해야 할 것 같네."

스님의 말이 끝나기가 무섭게 방문이 거칠게 열리며 민후 녀석이 얼굴이 들이밀었다.

"하… 최승민. 밖에서 그렇게 불렀는데 안 들렸냐?"

"어? 무슨 말이야?"

"도와달라고 했잖아! 할배, 할배는 들었지?"

"이놈이 갑자기 와선 무슨 뚱딴지같은 소리를 하는 게야?"

"어라? 그럴 리가 없는데……?"

스님마저 듣지 못했다고 하자, 녀석이 이상하다는 듯 고개를 갸웃거렸다.

"어서 상을 들여오지 않고 뭘 또 멍하니 서 있는 게야?"

"알았어요. 못 들어놓고 괜히 나한테 화풀이야……."

민후 녀석의 나지막한 투덜거림을 들은 스님의 입가에 미소가 피어올랐다.

정겨운 조손의 모습에 나까지 덩달아 기분이 좋아진다.

"자, 식사 대령이오."

"승민 군, 저놈이 한 거라 변변찮겠지만, 많이 드시게나."

"예, 스님. 그럼 잘 먹겠습니다."

"할배? 그게 무슨 말이에요! 야, 최승민. 오랜만에 형님이 실력 발휘했으니까 먹다가 놀라지 마라."

"그래, 고맙다."

역시 절밥이라 소박하긴 했지만, 민후 녀석의 장담대로 맛은 나쁘지 않았다.

"스님, 이번에도 스님께 큰 도움 받고 갑니다. 항상 건강하십시오."

"내가 뭐 한 게 있나. 다 자네가 애쓴 덕분이지. 그래, 자네도 몸조심하고, 이만 들어가 보시게."

"예, 그럼 가보겠습니다."

스님께 인사를 드리고 방을 나서자, 민후 녀석이 스님을 힐 끔 보더니 쪼르르 따라 나왔다.

"넌 왜 나왔냐? 너도 그만 올라가려고?"

"아니, 온 김에 쉬었다 가야지. 할배 눈치 보니까 손님이 가 는데 배웅도 안 해준다고 한 소리 할 것 같아서 나왔어."

귀찮다는 듯 머리를 긁적이던 녀석이 얼른 가자며 재촉을 해왔다.

참, 세상일은 한 치 앞도 모른다더니, 내가 그토록 마음에 들어 하지 않던 이 녀석의 목숨을 구했단 건가?

"왜? 내 얼굴에 뭐 묻기라도 했어?"

"아, 아니, 잠깐 생각 좀 했어."

"갑자기 걷다가 무슨 생각?"

"니 말대로라면, 그 최고의 도사인지 뭔지도 해결을 못 했 는데 스님께선 너무 쉽게 없앤 거 같아서 말이야."

말을 둘러대자, 녀석이 떨떠름한 얼굴로 고개를 끄덕였다.

"놀라긴 나도 마찬가지야. 설마, 그렇게 쉽게 없앨 줄은 꿈 에도 몰랐는데……."

자신의 거짓이 들통 났는데도 천연덕스러운 거 보게.

"아무튼, 그 망할 년이 할배 말대로 천기를 거스르려고 한

대가를 치르길 바라야지."

"천기를 거스른 대가?"

"응, 예전에 현광 아저씨가 말해주신 건데, 천기를 거스르면, 그 벌로 윤회의 고리에서 벗어나게 된다더라. 그 전까지는 별로 믿기지 않았는데 오늘 할배를 보면 진짜 있을 것 같기도 해."

"뭐? 그럼 그 윤회의 고리인가 뭔가에서 벗어나게 되면 어떻게 되는데?"

남의 속도 모르고 통쾌하단 얼굴로 손가락을 튕겼다.

딱!

"뭘 어떻게 돼? 이 세상이랑은 영영 끝인 거지. 윤회가 뭔지는 너도 들어봤을 거 아냐?"

녀석의 말에 자신이 천기를 거스른 것을 아시고는, 하늘이 무너진 것처럼 넋을 잃고 계시던 스님의 모습이 떠올랐다.

"야, 뭔 죄라도 지었어? 갑자기 왜 그렇게 심각해? 무슨 일인지는 몰라도 걱정 마라. 보통 사람은 평생 그럴 일 없으니까."

스님께선 이 녀석을 위해서 자신을 희생하신 건가?

바보 자식⋯⋯. 아무것도 모른 채 즐거워하는 녀석의 얼굴에 주먹을 날리고 싶었다.

"그래? 그럼 다행이네. 나 때문에 괜히 고생하지 말고 이제 그만 가봐라."

"아냐. 할 것도 없는데, 그냥 같이 가줄게."

"됐다니까…… 들어가 봐."

짜증이 섞인 말투에 녀석이 한숨을 푹 내쉬었다.

"자식, 어지간히 내가 마음에 안 드나보네. 야, 평생 술 사 주기로 하고 광현이랑도 화해했으니까, 이제 너도 그만 화 좀 풀지?"

이번 한 번만 너를 아끼는 스님을 봐서 과거는 잊으마.

"그래, 그렇게 할 테니까, 너도 이젠 제발 전처럼 스님 속 썩이는 짓은 하지 마라. 혹시라도 그런 일이 생기면 그땐……."

의미심장한 미소를 지은 녀석이 내 말을 끊었다.

"이거 어디 무서워서 살겠나? 그럴 일도 없겠지만, 만약 내가 죄를 짓는다고 해도, 아마 니가 감히 건들지도 못할 위치에 있을걸?"

"재밌네."

얼마나 대단한 사람이 될 거라고 생각하는지 모르겠지만, 스님을 실망시킨다면… 니가 어디에 있든 끌어내려 줄게.

"흐하하. 장난이야, 인마. 우리 할배 부처 돼서 극락 갈 텐데, 착한 일 많이 해서 할배 만나야지."

"제발… 그러길 빈다."

"그럼 다음에 볼 땐 우리 웃는 얼굴로 봅시다."

기분 탓일까? 왠지 슬퍼 보이는 눈빛으로 악수를 청해오는 녀석의 손을 맞잡으니 이런 생각이 들었다.

내가 이 녀석을 보고 웃을 날이 과연 올까?

법문사에 다녀온 후, 직접 공판에 참여하는 조광만에게 유
죄를 받아내기 위해 눈코 뜰 새 없이 바쁜 사무실로 반가운
사람이 찾아왔다.

"안녕하세요. 이렇게 뵈니 정말 반갑네요."

"진작 찾아뵀어야 했는데, 그동안 정신이 하나도 없어서 이
제야 왔습니다."

"아닙니다. 제가 윤선필 씨였어도 그랬을 텐데요. 이젠 괜찮
으세요?"

"예, 그때만 생각하면 아직도 섬뜩하긴 하지만, 많이 좋아졌
습니다. 근데 갑자기 몸이 바뀌어서 놀랐습니다. 사실 지금도
대체 어떻게 된 건지 모르겠습니다."

민원인 휴게실로 자리를 옮겨 한참 대화를 나누던 중, 윤선
필 씨가 법정에서 본 환상에 대해 말을 꺼냈다.

"그게 환상이었군요. 검사님께서 부른 그 박수무당이 용하
긴 한 모양입니다."

용하기는… 녀석 때문에 죽을 뻔했구만.

"예. 뭐, 경기도에서 알아주는 분이라고 하더군요."

"그렇습니까? 혹시 어디에 계신지 알 수 있을까요?"

"아마 만나주시지 않을 겁니다."

"그래도……."

계속 묻는 윤선필 씨를 보니 아무래도 감사를 전하고 싶다는 말은 핑계인 것 같았다.

"그때도 백방으로 수소문한 끝에 겨우 만나 뵌 거라 사실 저도 지금 어디 있는지 모릅니다."

아쉬워하는 그를 달래며, 조광만에 대해 부탁을 했다.

"윤선필 씨, 이번에 한 번 더 증인으로 서야 할지도 모르는데 괜찮으신가요?"

"예, 당연하죠. 백 번이라도 설 테니 그건 걱정 마십시오."

"예, 그럼 잘 부탁드립니다."

"그런데 검사님… 진짜, 그 무당 분은 만날 방법이 없는 건가요?"

민원인 휴게실을 떠나면서도 정말 박수무당을 만날 방법이 없냐고 묻는 윤선필 씨의 모습에 쓴웃음이 나왔다.

3장

오해

6월 말, 오랜만에 친구 녀석들을 만나 이런저런 얘기를 하다 보니, 이야기의 주제는 직장에 대한 불만으로 바뀌어 있었다.

"대기업만 아니면 당장 때려쳤을 텐데……."

지훈의 말에 고개를 갸웃거리는 걸 보면, 부모님을 도와 고향에서 돼지 목장을 운영하는 시열은 회사를 다니는 친구 녀석들의 이야기가 이해가 안 되는 모양이다.

"그래도 앉아서 일하는 건데, 진짜 그렇게 힘들어? 별로 안 힘들 것 같은데……?"

"야, 뭐 들었냐? 인간관계가 짜증난다고⋯⋯. 군대 갔다 왔으니까 고참이 또라이면 얼마나 힘든지 너도 알 거 아냐?"

"그런가? 잘 모르겠다. 난 그런 사람 만나 본 적이 없어서⋯⋯."

"야, 저놈한테 신경 끄고 하던 말이나 계속해 봐."

남에게 당한 일을 담아두는 성격도 아니니, 이해는 된다만⋯ 현성이 짜증을 내는 걸 보면 다른 친구들은 아닌 모양이다.

"후⋯⋯. 이건 어째 속이 후련해야 하는데, 점점 짜증만 나냐. 야, 철밥통. 넌 어떠냐? 아무 말도 없는 거 보면 할 만한가 봐?"

나를 철밥통이라고 부르는 지훈에게 발끈한 예슬이 녀석을 째려봤다.

"야! 철밥통이 뭐야!"

"얼씨구, 김예슬. 남친 좀 건드렸다고 화내는 거 보게. 이러다 잡아먹겠다?"

"뭐? 지금 말 다 했어!"

한두 살 먹은 애들도 아니고 정말 잘하는 짓이다.

"둘 다 그만해."

"그래, 싸우지들 마. 검사님께서 말씀하신다잖아."

"세나 말대로 어디 검사님 일상 좀 들어볼까?"

현성이 세나의 말에 동조를 하자, 언제 싸웠냐는 듯 친구들의 시선이 내게로 모였다.

젠장, 어쩔 수 없나?

"알았어, 자식들아. 며칠 전에 잠깐 볼일이 있어서 지하철을 탈 일이 있었거든."

"뭐야? 최승민, 지금 장난해?"

여느 때처럼 과거 사건에 대한 이야기를 할 줄 알았던 내가 지하철을 탔다는 말을 하자, 세나가 고새를 못 참고 따져왔다.

"이제 시작이야. 제발 끝까지 들어봐."

"재미만 없어봐."

얼씨구, 니들 이야기는 뭐 재미있었냐······.

"걱정 말고 듣기나 해. 한참 열차가 도착하길 기다리고 있는데, 내 옆에 모자를 푹 눌러쓰고 서 있던 남자가 손을 앞으로 내밀더니, 말릴 새도 없이 내 앞에 서 있던 예쁘장한 여자의 엉덩이를 만지는 거야."

흥미를 유발하기 위해 살짝 말을 끊으며 친구들을 바라보자, 이미 무슨 내용인지 알고 있는 예슬을 제외한 녀석들의 눈빛은 어느새 초롱초롱하게 빛나고 있었다.

"그래서? 어떻게 했어?"

세나가 마치 자신이 당한 것처럼 화를 내며 물었다.

"뭘 어떡해? 녀석의 손을 잡으려고 팔을 뻗었지. 근데 그 타이밍에 그 새끼가 엉덩이를 만지던 손을 빼버렸어. 그래서 졸지에 내 손만 덩그러니 여자의 엉덩이 쪽으로 향해 있는데, 갑자기 그 여자가 뒤를 돌아본 거야."

여기까지 들은 친구들은 어이가 없었는지, 순간 멍하게 있다가 다 같이 박장대소를 하기 시작했다.

"이것들아, 친구가 한순간에 변태로 몰린 상황인데 이게 웃을 일이냐?"

말은 그렇게 했지만, 나 역시 지금 생각해도 황당하고 아찔한 그날의 추억에 바보처럼 실실 웃고 있었다.

"역시, 최승민. 기대를 저버리지 않는구만."

"현성아. 이 새끼, 검사 옷 벗겨야 되는 거 아냐? 성추행범이 검사를 하고 있다니 말세다, 말세."

순박한 시열이만 걱정을 할 뿐, 친구의 불행이 곧 자신의 행복인 녀석들은 고새를 못 참고 놀려대기 시작했다.

"이것들이 진짜. 이야기 그만할까?"

"미안, 미안. 계속해 봐, 변태 씨."

"후……. 니들이랑 친구가 된 내가 등신이지. 어디까지 했더라. 아! 그래서 여자랑 눈이 마주쳤는데, 나를 한 번 노려보더니 밑으로 시선을 옮기는 거야. 그래서 내가……."

기대를 하는 녀석들을 위해 생각을 정리하자, 점점, 그때의 기억이 생생하게 떠올랐다.

자신의 엉덩이 근처에 위치한 어색한 내 손을 본 그녀는 곧바로 응징에 나섰었다.

짝!

"미친 변태 자식! 여자라고 우습게 봤나 본데 너 오늘 잘 걸렸어! 첫날부터 한 건 하게 생겼네."

"저기요, 아가씨. 제가 아니라 이 사람이……."

진짜를 변태를 가리켰지만, 이미 녀석은 사라진 후였다.

"진짜 가지가지 하네. 변명은 경찰서에서 하시죠, 변태 씨?"

"내가 아니라니까 그러네. 말리려다가 그렇게 된 거라고요. 괜히 생사람 잡지 맙시다."

"웃기고 있네. 어디서 오리발이야?"

"하……. 아가씨, 심정은 이해하겠는데, 정말 아니에요. 경찰서 가기 전에 CCTV 확인하면 끝날 일인데 이렇게 해야 합니까?"

"그러니까, 경찰서 가서 확인해 보면 되잖아. 아~ 찔리는 거라도 있나 봐?"

그녀와 한참을 실랑이를 벌이다 결국 우리 관할 지역인 서초경찰서까지 가게 되었다.

형사과에 도착하자, 안면이 있던 이 형사가 인사를 해왔다.

"검사님, 안녕하세요. 여기까지 직접 오시고, 무슨 중요한 사건이라도 터진 겁니까?"

"아니요. 이분이랑 오해가 조금 생겨서요."

"검사였어요? 진짜… 하…….."

형사의 말에 갑자기 존댓말을 하는 여자의 안색이 약간 변했지만, 그것도 잠시였다.

"형사님, 이 사람이 지하철에서 저를 성추행했어요."

"예? 아가씨, 지금 오해를 하신 것 같은데, 최 검사님은 그러실 분이 아닌데요?"

"지금! 이 사람이 검사라고 편드는 거예요?"

"아니, 그게 아니라…….."

덩치는 산만 하면서 여자의 기세에 눌려 어쩔 줄 몰라 하는 이 형사의 어깨를 두들겼다.

"됐어요. 괜히 민원 때문에 고생하지 말고 절차대로 진행하세요."

"예……. 그럼, 이쪽으로 가시죠."

"이 형사님, 아무 일 없을 테니까 편하게 하세요."

이제야 형사 생활 3년차인 이 형사에겐 관할 지역 검사를 취조한다는 것이 부담스러울 게 뻔했기에 그를 안심시키기 위해 어깨를 두드려 줬지만, 그 모습을 본 여자는 마음에 들지 않는다는 눈빛으로 나와 이 형사를 째려보며 쏘아붙였다.

"어머! 누가 보면 동창회라도 온 줄 알겠어요? 지금 뭐 하자는 거예요!"

"아가씨… 그게 아니라……."

"딱 봐도 답이 나오는데, 아니긴 뭐가 아니에요? 이 형사님이라고 하셨죠? 계속 이렇게 하면 형사님도 직무유기로 고소할 거예요."

무슨 아가씨가 이렇게 드센 건지…….

이대로 있다간 정말 한바탕할 것 같은 여자의 모습에 이 형사에게 눈치를 주자, 그제야 그가 부랴부랴 사건에 대해 물었다.

"예, 알겠습니다……. 그럼, 상황이 어떻게 된 건지 말씀해 주시겠습니까?"

옆에 앉아 팔짱을 낀 여자에게 먼저 이야기하라는 뜻으로 손을 내밀자, 무슨 생각을 한 건지 코웃음을 쳐왔다.

"지하철을 기다리고 있었는데… 갑자기 누가 엉덩이를 만지는 거예요. 그게 누군지는 말 안 해도 알죠?"

그녀가 무슨 말을 하든 어차피 CCTV를 확인해 보면 끝나는 일인지라, 어서 그녀의 이야기가 끝나길 기다리고 있는데 우측의 유리문이 열리며 한 무리의 형사들이 안으로 들어왔다.

젠장… 그냥 지나가라…….

나를 알아보지 못하길 바랐지만, 그들 중 중년의 남성이 뭔가 이상했는지 한참을 바라보다 천천히 이쪽으로 다가왔다.

"혹시나 했는데… 안녕하십니까, 최 검사님. 이게 대체 무슨 일입니까?"

서초경찰서 강력 2팀 김 반장이 호기심에 가득 찬 눈빛으로 꾸벅 고개를 숙여왔다.

"아, 예. 안녕하세요. 김 반장님, 오랜만입니다……."

씁쓸한 미소를 본 그는 내가 좋은 일로 온 것이 아님을 눈치채고, 만만한 이 형사에게 시선을 돌렸다.

잠시 후 무슨 상황인지 알게 된 김 반장은 박장대소를 하다, 내 눈치를 살피며 뒤에서 구경을 하던 형사들 중 한 명에게 손짓을 했다.

"형사 생활 20년 만에 이런 일은 또 처음이네요. 뭐 그럴 일은 없겠지만, 검사님께서 이해해 주십시오. 차 형사."

"예, 반장님."

"무슨 일인지는 들었지? 너 지금 당장 사당역으로 가서 CCTV 확인해 봐."

"예, 알겠습니다."

차 형사가 서둘러 자리를 떠나는 모습을 지켜보던 김 반장이 위로의 말을 건네왔다.

"차 형사가 갔으니까 곧 밝혀질 겁니다. 걱정 마십시오, 검사님."

"예, 바쁜데 죄송하네요."

"아닙니다. 당연히 해야 되는 일인데요. 근데 이거 검찰청에 연락해야 하지 않습니까?"

"예? 그건 왜요?"

"그럴 일은 없겠지만, 혹시나……."

말을 흐린 김 반장이 다 알면서 왜 이러냐는 듯 눈썹을 씰룩거렸다.

"농담할 기분 아닙니다, 김 반장님……."

"하하하. 죄송합니다. 제가 장난이 지나쳤군요. 사과드리겠습니다. 그럼 조금만 더 고생하십시오."

김 반장이 떠나가자, 갑작스런 그의 등장에 대화가 끊긴 것이 화가 났는지 여자가 뾰로통한 말투로 톡 쏘았다.

"피해자인 제 편이 하나도 없는 걸 보면, 아무래도 경찰서를 잘못 찾아온 것 같네요."

"관할 지역 경찰서라 다들 친분이 있어서 그런 거니, 그 부분은 아가씨가 조금만 양해해 주세요. 말씀들은 저렇게 해도 일은 확실히 처리하는 분들이니, 제가 그쪽 말대로 정말 성추행을 했다면 망설임 없이 입건할 겁니다."

"흥! 말은… 잘하시네요. 그쪽 말대로 그러길 빌게요. 그럼 옷 벗을 준비나 하시죠."

"아마 그럴 일은 없을 겁니다."

"저기, 그럼… CCTV 확인될 때까지 기다리기 지루하실 텐데 커피라도……."

눈치 제로. 이 형사가 상황 파악 못하고, 불난 집에 부채질을 하고 말았다.

"피해자 진술 받다 말고 뭐라고요!? 형사님, 지금 그걸 말이라고 하는 거예요!"

결국 차 형사가 CCTV를 확인하고 돌아올 때까지, 이 형사는 여자의 비위를 맞추느라 진땀을 빼야 했다.

"반장님, CCTV 화면 복사해 왔습니다!"

온몸이 땀으로 흠뻑 젖은 차 형사의 외침에 서 안에 있던 사람들의 시선이 동시에 그에게로 향했다.

"어떡할까요? 지금 바로 틀까요?"

차 형사가 씨익 웃자, 그걸 본 김 반장이 한시름 놓았다는 얼굴로 그에게 말했다.

"당연한 걸 뭐 하러 물어? 당장 틀어봐."

흔치 않은 구경거리에 옹기종기 모여 CCTV를 확인하던 형사들이 웃음을 터뜨리자, 함께 화면을 지켜보던 여자의 표정은 그와는 반대로 점점 굳어갔다.

"검사님, 이거 타이밍이 절묘한데요. 이러기도 쉽지 않은데……. 이거 아가씨께서 오해하실 만했네요."

"예. 오해를 받아도 할 말이 없긴 하죠……."

"그래도 검사님께서 그러신 게 아니라서 천만다행입니다."

'그럼 이제 그만 볼 때도 되지 않았나?' 하는 생각이 들 정도로 그 당시, 김 반장의 시선은 노골적으로 내가 손을 내미는 장면으로 향해 있었다.

"그럼 이제 오해도 풀린 것 같은데, 일어나죠, 아가씨."

그런 김 반장의 모습이 부담스러워 이 자리에서 벗어나기 위해 말을 꺼내자, 처음 나를 잡아먹을 것같이 사나웠던 여자가 풀이 죽은 목소리로 사과를 해왔다.

"죄송해요……. 그런 줄도 모르고 뺨까지 때렸는데……. 이걸 어떻게 사죄드려야 할지……."

"괜찮아요. 아가씨도 그런 일 당해서 기분도 안 좋을 텐데 그만 끝내죠."

그렇게 말을 하며 자리에서 일어나자, 그녀도 서둘러 나를 따라 일어났다.

"고생 많으셨습니다, 검사님."

"아니요. 김 반장님이랑 형사님들이 괜히 저 때문에 고생하셨죠. 본의 아니게 신세를 지게 됐네요."

"신세라니요! 다 돕고 사는 거죠. 그럼 바쁘실 텐데 들어가 보십시오."

형사들의 배웅을 받고 경찰서를 나서는데, 여자의 하이힐이 바닥에 부딪치는 소리가 점점 가깝게 들려왔다.

"저기요… 최 검사님."

이 아가씨가 진짜, 됐다니까 그러네.

"예? 무슨 볼일이 더 남았나요?"

"저를 도와주시려고 했던 건데……. 아깐 제가 너무 심했던 것 같아서요."

낯빛이 새하얘진 그녀를 보니, 심성은 그리 나쁘지 않은 것 같았다.

"저라도 아가씨 같은 상황이었으면 그랬을 겁니다."

이렇게 괜찮다고 하는데도 김 반장과 무슨 대화를 나눈 건지, 그녀는 이상할 정도로 안절부절못하고 있었다.

"이거 왠지 제가 나쁜 놈이 된 것 같네요. 정 그러시면 나중에 밥이라도 한 끼 사주시든가요?"

"그럼 그럴까요……?"

분위기를 풀기 위한 농담이었건만, 웃어넘길 줄 알았던 여자가 너무나도 진지하게 받아들이고 있었다.

"아휴, 농담입니다. 이렇게 마음이 여린 분이 아까는 어떻게 그런 용기를 내셨는지 모르겠네요. 정말 아무렇지도 않으니까 가보세요."

"그래도……."

지이잉— 지이잉—

"그럼 바빠서 전 이만 가봐야 될 것 같네요."

타이밍 좋게 핸드폰이 진동했고, 그걸 핑계로 그녀에게서 벗어날 수 있었다.

"…그래서 뭐 오해는 풀렸다는 거지."

"뭐야? 싱겁게 그게 끝이야?"

"이 정도면 됐지. 세나 너 실컷 웃어놓고 이제 와서 왜 시비야?"

"흥미진진하다가 끝이 너무 허무하니까 그렇지."

세나와의 대화를 듣던 지훈이 곰곰이 뭔가를 생각하더니 이윽고 황당한 말을 꺼내왔다.

"야, 최승민. 근데 그 여자, 너한테 관심 있었던 거 아냐?"

"뭐? 전지훈, 너 미쳤냐? 갑자기 그게 무슨 말이야?"

"아니, 생각을 해봐. 안 그러면 너한테 왜 그리 들이대?"

"지훈이 말 들어보니까 이상하네. 내가 그 여자였으면 민망해서 그냥 도망치듯 갔을 거 같은데? 그리고 예쁘장하게 생겼다더니 여차하면 너도 작업 걸려던 거 아니야?"

현성이 지훈의 말에 동의를 하며 살을 붙이자, 예슬의 눈빛이 심상치 않게 변했다.

그때 들을 때는 다행이라고 해놓고선 갑자기 넌 왜 그러냐……

"다들 헛소리할 거면 술이나 마셔라."

아무렇지 않은 척 이상하게 흘러가는 분위기를 수습하려고 했지만, 지들 입맛에 맞게 각색을 하고 있는 녀석들에겐 씨알도 먹히지 않았다.

결국 내 이야기를 안주 삼아 술자리가 끝날 때까지 떠들어대는 통에, 예슬을 바래다주는 내내 그녀의 눈치를 봐야 했다.

"정말 그러려던 거 아니지?"

"야, 생각을 해봐. 너 같으면 쌍욕 먹고 좋은 감정이 생기겠어?"

아니, 무슨 영화도 아니고 아무리 오해라고는 하지만, 따귀까지 맞은 여자에게 호감을 가질 이유가 없지 않을까?

"알아, 장난이야. 근데, 발끈하는 거 보니까 수상한데?"

"안 그래도 애들 등쌀에 힘들어 죽겠는데. 너까지 이럴 거야?"

"헤헤, 알았으니까 핸드폰 좀 잠깐 줘봐."

눈꼬리를 휘며 장난스레 말하는 예슬의 모습에 웃음이 나왔다. 마음대로 하라는 듯 핸드폰을 건네주자, 그녀가 있지도 않은 여자의 이름을 말하며 나를 놀렸다.

"어라? 이거 봐라! 최승민 씨 박봉자가 누구야?"

허리에 손을 얹은 채 화난 척 볼을 부풀린 그녀의 볼을 살짝 꼬집자, 엄살을 부려왔다.

즐거웠던 주말도 끝인가…….

예슬과 웃고 떠드는 사이 도착한 그녀의 집에 예슬을 바래 다주고 돌아서는데, 내일부터 또다시 쳇바퀴 같은 일상을 시작해야 한다고 생각하니 왠지 우울한 기분이 들었다.

처음 과거로 돌아왔을 때만 해도 하고 싶었던 일들이 산더미같이 쌓였었는데.

"막상 다시 사회생활을 하다 보니 무엇을 하려고 했는지 하나도 생각이 안 나네……."

그리 생각하니, 오늘 술자리에서 이런 일들을 당연하다는 듯 받아들이던 친구들의 모습도 아른거렸다.

이러려고 그렇게 미친 듯이 달려왔던 게 아닌데 말이야?

*　　　　*　　　　*

"승민아, 어때? 니 첫 후임 들어오니까 떨리고 그러나?"

회의실로 향하고 있는 내 옆으로 다가온 임 선배가 맨날 그렇게 주절대면서도 무슨 할 말이 그리 많은지, 오늘도 쉬지도 않고 떠들어대고 있었다.

"아뇨, 제가 뭐 떨릴 거 있나요? 그냥 오는가 보다 하는 거죠."

"하… 참 이노마 말하는 꼬라지 보게! 팔십 먹은 노인네도 아니고 뭐 그리 재미없게 사노? 여자라 카는데, 궁금하지도 않나?"

"남자인지 여자인지 뭐가 중요해요? 일만 잘하면 되는 거지."

"지랄~ 하네. 너 같은 놈 많이 봤다. 관심 없는 척하다가 선배님~ 하고 다가오면, 싱글벙글 해가꼬 정신 못 차리고 해롱댈 게 뻔하지, 뭐!"

자기소개하고 앉았네. 카페 여사장이 한번 웃어줬다고, 커피를 10잔이나 산 인간이 무슨……

"에이, 설마요. 저보다 선배가 그럴까 봐 걱정되는데요. 선배가 교육 담당이시라면서요?"

"지랄. 내 성격 모르나? 일 못하면 직살나게 갈굴 거니까 그런 걱정 마라. 그나저나 왜 맨날 나한테 맡기는지 모르겠다. 내가 무슨 보모가?"

내 생각엔 그냥 부장님께 찍히신 거 같다. 안 그러면 귀찮은 일을 맨날 임 선배에게 맡길 이유가 없었다.

"부장님께서 선배를 믿으시니까 그러시는 거겠죠? 안 그래요?"

"하모, 그렇긴 해? 내가 좀 뛰어나긴 하지?"

인정하긴 싫지만 성격이 지랄 맞은 거지, 함께 일해봤었기에 실력만큼은 인정하지 않을 수 없었다.

"예, 선배. 두말하면 입 아프죠."

"캬……. 역시 최승민이. 이번 신입이 딱 니 반만큼만 해도 여한이 없겠다."

한번 띄워줬다고 아주 날아갈 것 같은 선배를 달래며 자리에 앉아 내가 처음 이곳으로 왔을 때처럼 부장님과 함께 등장할 신입을 기다렸다.

"아, 26이라고 했나? 한창 좋을 때네."

여자관계가 복잡하다는 소문이 도는 민 검사가 입을 열자, 회의실은 어느새 신입에 대한 이야기의 꽃을 피웠다.

"그러게, 승민이보다 한 살 어리네. 승민이 어때? 한번 들이대 봐."

애인 있는 거 뻔히 알면서… 그게 할 말인가. 하여튼 고참들이란, 어딜 가나 후임을 괴롭히지 못해서 난리인지.

탈칵.

회의실 문고리가 돌아가는 소리가 들리자, 언제 소란스러웠냐는 듯 회의실은 쥐 죽은 듯 조용해졌다.

이윽고 신입과 함께 모습을 드러낸 부장님께서 그녀를 우리에게 소개했다.

"잘 부탁드립니다! 오늘부터 이곳에서 일하게 된 윤지민이라고 합니다."

큰 소리로 허리를 굽혀 인사를 한 그녀가 고개를 들었을 때, 때론 드라마보다 현실이 더 드라마틱할 때가 있단 걸 각인 시켜주는 그녀의 모습에 난 어안이 벙벙해지고 말았다.

하지만 놀라고 있는 나와 눈이 마주친 그녀는 이미 이런 상황을 예상하고 있었다는 듯 체념 섞인 표정으로 내 시선을 피했다.

어쩐지 법에 대해서 빠삭하다 싶더니, 그래서 그랬던 건가?

머릿속에서 엉켜 있던 그날의 퍼즐들이 맞춰지기 시작했다.

"최 검사, 안 오고 거기서 뭐 하노? 사무실 가야지."

모두가 떠난 회의실에 멍하니 앉아 있는 내게 다가온 임 선배가 짓궂게 웃으며 귓가에 속삭였다.

"인마, 아깐 관심 없다더니, 아주 넋을 놨구만. 내 너 이럴 줄 알았다. 그라지 말고 퍼뜩 가서 인사해라. 첫날부터 선배가 이러면 뻘쭘하지 않겠나?"

"그런 거 아니에요, 선배."

"지랄한다. 이 임성운이가 척보면 답 나온다 아이가?"

예~ 마음대로 생각하세요.

착각의 늪에 빠진 임 선배의 되지도 않는 이야기를 한 귀로 흘리며 신입에게 다가갔다.

"윤지민 씨라고 했죠. 전 최승민이라고 해요. 저도 온 지 세 달밖에 안 됐으니, 신입끼리 앞으로 잘 지내 봐요."

다 알고 있었으면서도 감쪽같이 나를 속인 여인네가 괘씸

해 조금 심술을 부릴까 했지만, 사색이 된 채 고개를 숙이는 그녀를 보니 차마 그럴 수 없었다.

"예, 안녕하세요. 선배님… 잘 부탁드립니다……. 그리고 말씀 편하게 하세요."

"그래요, 그럼 그렇게 할게. 이거 초면도 아닌데, 내가 너무 딱딱하게 말했나?"

"아니에요! 그날 일은 정말 죄송했습니다."

"됐어, 후배한테 뺨 맞은 건 조금 씁쓸하긴 하지만 이것도 어찌 보면 인연 아니겠어? 그러니 그 일은 신경 안 써도 돼."

지하철에서 그녀에게 맞았던 뺨을 비비며 장난스레 말을 건네자, 지금 그녀의 심정을 말해는 주는 것처럼 안도의 한숨을 크게 내쉰 지민 씨의 눈가에 이슬이 맺혔다.

"정말 앞으로 어떻게 해야 할지 막막했었는데……. 감사합니다, 선배님."

"캬! 후배님들 보기 좋네. 응? 그럼 이제 일하러 가봅시다."

웬일로 뒤에서 지켜보던 임 선배가 천천히 다가오며 호들갑을 떨었다.

그러곤 지민 씨를 보며 새로운 장난감을 발견한 아이처럼 웃고 있는 그를 보니, 아직 아무것도 모른 채 안심을 하고 있는 그녀가 안쓰러워졌다.

"지민 씨, 이제부터 고생 좀 할 거야."

"예? 그게 무슨······?"

무슨 말인지 모르겠다는 듯 눈을 깜박이는 그녀에게 의미심장한 미소를 지어 보이며 회의실을 나섰다.

"야, 최 검사! 같이 가~ 니는 뭐 하노? 안 따라오고!"

이젠 무슨 일인지 감이 좀 오시려나?

"검사님~ 다녀오셨습니까?"

임 선배들과 헤어지고 사무실로 들어서자, 이 수사관이 반갑게 맞아왔다.

"예, 그럼 오늘도 시작해 볼까요?"

무슨 꿍꿍인지 뻔히 보였기에 모른 척 자리로 향하려고 하자, 그가 황급히 내 앞을 가로막았다.

"에이, 검사님. 저한테 이러시면 안 되죠."

"뭐가요? 무슨 문제라도 있습니까?"

"아시지 않습니까? 신입 검사님 말입니다."

수사관은 그렇게 말을 하고는 능글맞게 웃으며, 얼른 말해 보란 듯 손을 귀에 갖다댔다.

결국 떠밀리다시피 지민 씨의 이야기를 하고 있을 때, 문을 연 임 선배가 고개를 빼꼼히 내밀었다.

"최 검사, 잠깐 들어가도 되지?"

"예, 선배. 들어오세요. 근데 방금 헤어져놓고 무슨 일이세요?"

"왜? 내가 못 올 곳이라도 왔나?"

"아니요. 그럴 리가요. 그냥 궁금해서 그런 거죠."

"마, 다른 게 아니라 오늘 신입도 왔는데 이따가 끝나고 신입이랑 셋이서 가볍게 술이나 한잔하자고."

보통 이런 날은 사무실 사람들끼리 한잔하지 않나?

"사무실 사람들은 어떡하고 저랑 해요?"

"하 수사관님 딸이 오늘 생일이래서 사무실 회식은 내일모레 하기로 했다. 됐고, 어쩔 거야?"

"음……. 그렇다면야 나쁠 건 없지만, 금요일에 부장님께서 환영회 하시자고 했는데 미리 해버리면 김빠지지 않을까요?"

"뭐 어떻노? 환영하는 건데 많이 해줄수록 좋은 거 아이가?"

후, 어차피 결정한 걸 바꿀 양반도 아니니…….

"그래요. 그럼 선배 말대로 하죠. 대신 저 왔을 때처럼 하면 안 됩니다."

"알았다. 그건 걱정 말고 이따 보자."

선배가 떠나자, 이 수사관이 부담스러운 눈빛을 보내오고 있었다.

"흐흐~ 검사님?"

임 선배 하나도 감당하기 힘든데, 이 인간까지 끼면 나보고 죽으라는 거지.

"안 돼요."

그럼 그렇지. 환영회는 무슨…….

"임 검사님, 영광입니다."

"내가 하 수사관한테 이 수사관 이야기는 많이 들었어요. 그렇게 말술이라 카던데?"

"에이, 그래도 임 검사님한테 안 될 겁니다."

아직 안주도 나오지 않았는데, 물 만난 고기처럼 주거니 받거니 하며 술을 마시고 있는 두 화상을 보고 있자니, 한숨이 절로 나왔다.

이 황당한 분위기에 정작 환영을 받아야 할 지민 씨는 할 말을 잃고 있었다.

"나 때는 그래도 사무실 사람들이랑 다 같이 와서 이렇지 않았는데, 좀 어수선하지? 환영회라고 불러 놓고 미안하게 됐어."

"아니에요. 오히려 오늘 선배님을 뵐 수 있는 것만 해도 다행이라고 생각하고 있어요."

"음? 그건 왜?"

좀처럼 그녀의 말이 이해가 되지 않았다.

"그게……. 선배님께선 괜찮다고 하셨지만, 마음에 걸렸었거든요……."

"오호~ 이번 기회에 다 훌훌 털어버리자?"

"예. 가능할까요?"

뭐, 시작은 좋지 않았지만, 당돌한 이 아가씨가 점점 마음에 들려고 했다.

"물론이지. 그럼 그런 의미에서 한잔할까?"

지민과 그때의 이야기를 안주 삼아 술잔을 기울이다 보니, 문득 경찰서 앞에서 그녀와 나누던 대화가 떠올랐다.

"이렇게 다시 만날 줄은 생각도 못했는데? 근데 너 생각보다 응큼한 구석이 있더라."

"예? 제가 뭘요?"

"경찰서에서 나올 때부터 나 만날 거 뻔히 알고 있었으면서 그날은 그렇게 시치미를 뚝 떼?"

"헤헤, 티 많이 났어요?"

"많이는 아니고, 조금?"

술이 몇 잔 들어가니, 슬슬 긴장이 풀리는지 그녀가 배시시 웃으며 그날 일을 이야기했다.

"사실, 처음 경찰서에서 선배가 검사라는 말 듣고 그냥 나갈까 하는 생각도 잠깐 들었어요."

아무래도 검사 임관을 앞두고 있었으니, 쉽지 않은 결정이었겠지.

"근데, 그런 파렴치한 사람과 함께 이쪽에서 일할 바엔 차라리 검사를 관두는 게 나을 것 같은 거 있죠?"

"근데 이거 미안해서 어떡하나? 이젠 그런 놈이랑 한솥밥까지 먹게 생겼는데?"

툭.

말이 끝나기가 무섭게 내 팔을 살짝 친 그녀가 입술을 삐죽였다.

"심각하게 말하고 있는데 선배, 정말 이럴 거예요?"

"미안, 장난이 좀 심했지. 계속 말해봐."

"네. 근데 오해였단 걸 알게 되고 나니까, 눈앞이 캄캄해지는 거예요. 그래서 혹시나 하고 반장이란 분한테 물어봤더니 아니나 다를까, 서울중앙지검이라고 하시더라구요."

그녀가 내게 미안하다는 말을 하며 쓸쓸히 웃었다.

"말씀을 드리려고 했는데, 차마 입이 떨어지지가 않아서⋯⋯."

아마 그날, 식사를 하게 됐다면 이런 일도 없었겠지.

"아침엔 좀 괘씸하다고 생각했는데, 뭐, 들어보니까 그럴 만도 하네."

"헐⋯⋯. 선배님, 아무렇지도 않으셨다면서요?"

"야, 사람인데 어떻게 그러냐. 조금은 있지 않겠어?"

"뭐야? 뭔데? 니들끼리 뭐 그리 재미있게 떠드노?"

신나게 이 수사관과 달리던 임 선배가 이제야 우리에게 관심을 보였다.

"에이, 선배. 오늘 처음 봤는데 무슨 할 말이 있겠어요? 그 냥 앞으로 잘하라고 덕담 좀 하고 있었어요."

같은 초짜끼리 무슨 덕담이냐며 한 소리 할 줄 알았던 선배가 술을 마셔서 그런지 웬일로 흐뭇한 미소를 지으며 이쪽을 바라봤다.

"그래? 야, 지민아. 최 검사, 말 잘 새겨들어."

"예, 선배님."

"아이고, 우리 후배님. 내 이제야 신경써 줘서 미안타."

"임 검사님 말씀을 들으니, 저도 괜히 미안해지네요. 그런 의미에서 우리 최 검사님께서! 얼마 전에 겪었던 재미난 일을 말씀드리겠습니다!"

"이 수사관, 그게 뭔데요?"

"그게 말입니~ 다? 우리 최 검사님께서 당돌한 처자 덕분에 한순간에 치한으로 몰렸지 뭡니까?"

그 말에 혹한 임 선배가 사건의 당사자가 앞에 있는지도 모르고 얼른 말해보라며 아이처럼 떼를 써왔다.

"이 수사관님… 그건 그분이 오해할 만했다니까요. 그리고 윤 검사 앞에서 할 이야기는 아니니까… 그만하시죠?"

"에이, 검사~ 님도 참. 그러니까 윤 검사님께서 지금 뻘쭘해하는 거 아닙니까? 이렇게 유머로~ 다가가야 서로 한층 더 친해지지 않겠습니까?"

"그래, 승민아. 나도 좀 듣자!"

두 술주정뱅이의 행동에 난감해하자, 지민이 웃으며 괜찮다
는 말을 해와서 결국 이 수사관을 더 이상 말릴 수 없었다.

그 후 내가 하지도 않은 말까지 지어내며 그녀를 천하에 둘
도 없는 악녀로 만들고 있는 수사관 덕분에 이젠 내가 그녀의
오해를 풀어줘야 할 것 같았다.

4장

친구의 부탁

"아이구, 아주 죽어가는구만."

술자리 이후, 서슴없이 다가오는 귀여운 후배님께선 오늘도 임 선배에게 시달렸는지 울상을 짓고 계셨다.

"안녕하세요, 선배님. 어디 다녀오시나 봐요?"

"아, 잠깐 경찰서에 볼일이 있어서 다녀왔어. 근데 표정 보니까 많이 힘든가 봐?"

"뭐, 조금요……."

"그래도 선배가 조금 까탈스러워서 그렇지, 잘 알려주긴 하잖아?"

조금? 커진 그녀의 눈동자가 마치 그렇게 말을 하고 있는 것 같았다.

"예!? 그렇게 말씀하시니까, 갑자기 선배님이 존경스럽네요⋯⋯."

"왜? 변태인 줄 알았는데, 다시 보여?"

실없는 농담에 그녀가 웃음을 터뜨렸다.

"예, 저도 그런 줄 알았는데~ 하 수사관님께서 말씀하시기로는 임 선배님께 칭찬받은 유일한 분이시라면서요."

"뭐? 하 수사관님이 그런 말씀을 하셨어?"

민망하게 그런 말은 뭐 하러 하신 건지⋯⋯.

"예, 그리고 처음 올 때부터 선배님은 전혀 신입 검사 같지 않으셨다고 하시던데요."

부러운 눈빛으로 바라보는 지민에게 미안했지만, 그건 사회 경험을 통해 쌓아가는 것이지, 알려준다고 해서 한순간에 알 수 있는 문제가 아니었다.

"그런가? 긴장을 많이 안 해서, 하 수사관님께서 그렇게 느꼈을지도 모르겠다."

"선배! 말도 안 돼요. 어떻게 긴장을 안 해요?"

"그냥 처음부터 실수하는 것도 다 배워가는 과정이라고 생각하니까 그때부터 여유가 생기더라고, 일도 더 잘되고."

"그런가?"

"아무튼 괜히 이러고 있다가 임 선배한테 혼나기 전에 그만 들어가 봐."

"예, 그럼 선배님도 고생하세요~"

그래도 용케 다시 기운을 내고 사무실로 향하는 지민을 바라보고 있을 때, 핸드폰이 울려왔다.

지이잉— 지이잉—

음? 방원석?

핸드폰 액정엔 몇 년 전, 번호를 교환하고 나서 연락 한 번 주고받지 않던 그의 이름이 떠 있었다.

"여보세요?"

—혹시 최승민 씨 핸드폰 맞나요?

"어, 원석아. 나야."

—그래. 애들한테 너 검사 됐다는 말은 들었는데, 그동안 잘 지냈냐?

"뭐, 그럭저럭. 근데 유명인께서 갑자기 무슨 바람이 들어 전화를 다 하셨나?"

—그게 사실, 너한테 부탁하고 싶은 게 있어서.

원석의 전화가 반갑기는 했지만, 침울한 그의 목소리를 들어보니 좋은 일로 연락을 해온 것은 아닌 것 같았다.

"그래? 부탁이 뭔지 모르겠지만, 일단 말해봐."

—승민아, 전화로 말할 내용은 아니라서 그런데, 오늘 혹시

시간 되니?

"그러면 음, 한 6시쯤에 만나는 건 어때?"

―알았어. 그럼 그때 보자.

대체 무슨 일일까? 고민을 하는 사이 시간이 흘렀고, 원석과 만나기로 한 일식집이 위치한 빌딩이 눈에 들어왔다.

앞에 서 있는다더니, 자식 아직 안 온 건가?

시간이 흐를수록 가게 안으로 들어가는 사람들의 시선이 따갑게만 느껴진다. 이럴 바엔 그냥 안에서 기다리고 말지.

―연결이 되지 않아, 삐 소리 후! 소리샘으로 연결됩니다.

전화도 안 받고 뭐야? 벌써 15분이 넘었는데 왜 안와? 무슨 일이라도 생겼나?

상황이 이렇게 되자, 나는 뭐 만날 사람이 없어서 퇴근 시간이 지나서도 이렇게 일하고 있는 줄 아냐는 듯 쏘아보던 송 실무관의 매서운 눈빛이 자꾸만 아른거렸다.

에휴, 전이나 지금이나 부하들 눈치 보는 건 하나도 달라진 게 없구만.

윤정 씨가 좋아하는 간식이 뭐였더라…….

기억을 더듬고 있을 때, 멀리서 정장을 입은 남자가 헐레벌떡 뛰어오고 있었다.

"헉… 승민아, 헉… 미안하다. 내가 조금 크흠… 늦었지……?"

"괜찮으니까, 일단 숨 좀 돌려. 그러다 쓰러지겠다."

근데 이 자식은 이 더위에 무슨 정장 재킷까지 껴입고 있어?

"야, 7월에 죽을 일 있냐? 그 재킷은 뭐야?"

"아, 그럴 일이 조금 있었어……. 차에다 벗어놓고 오려고 했는데, 빨리 오느라 깜박했어."

"아무튼 일단 들어가자. 이러다 쪄 죽겠다."

가게 안으로 들어서자, 미리 예약을 했다는 원석의 말을 들은 여 종업원이 접대용 미소를 지으며 우릴 룸으로 안내했다.

"이제 좀 살 것 같네."

냉수를 한 잔 들이켠 원석이 이마에 흐르는 땀을 닦으며 재킷을 옷걸이에 걸었다.

"미안해. 밤에 가기는 좀 그래서 후딱 다녀오려고 했는데 이렇게 오래 걸릴 줄 몰랐다, 야."

"뭔 일이길래?"

정장까지 말끔히 차려입은 원석의 말에 대충 무슨 일인지 짐작이 갔지만, 어색한 분위기를 풀기 위해 모르겠단 표정을 지으며 녀석을 바라봤다.

"사실 친한 선배 묘지에 들렀다 오는 길이야. 오늘이 그 선배 생일이었거든."

선배? 고등학교 졸업하고 바로 프로게이머가 된 걸로 아는데? 학창 시절 활동적이지 않던 녀석이 선배라…….

단순히 안면만 있던 사이는 아닐 것 같은데, 혹시 선배가 무슨 불의의 사고라도 당해서 조사를 해달라는 건가?

"선배라니? 혹시 고등학교?"

"아니, 프로게이머."

지금 정도의 인기를 끌고 있는 별전이라면 분명 뉴스에 나왔을 텐데?

그런 일이 있었던가. 아무리 떠올리려고 해도 떠오르지 않아 고개를 갸웃거리자, 녀석은 씁쓸한 미소를 지으며 말을 해왔다.

"이현이라고 스흐리 파이터라는 격투 게임 프로게이머였는데, 지금은 대회도 폐지돼서 아마 넌 누군지 모를 거야."

"그래? 의외네. 별전 쪽일 줄 알았는데. 프로게이머라고 해도 장르가 다르면 별로 친해질 기회도 없지 않나?"

"생각보다 이 바닥이 좁거든. 우연히 술자리에서 만나서 친해졌어."

"혹시? 그 선배란 분이 안 좋은 일을 당했던 거야?"

"어?"

진지한 물음에 이내 녀석은 무슨 뜻인지 눈치를 채고는 손사래를 쳐왔다.

"에이~ 승민아, 니가 생각하는 그런 거 아냐."

하여튼, 이놈의 직업병……. 검사가 된 지 몇 달이나 지났다고, 세상을 점점 삐뚤어진 눈으로만 보게 되는 건지.

"미안하다. 내가 괜한 오해를 해서……."

"아냐, 사실 안 좋은 일을 당한 건 사실이니까……."

이놈이 오랜만에 만나서 왜 이렇게 사람을 헷갈리게 만들어?

"이제 한 달이 조금 넘은 일이고, 뉴스에도 나왔었으니까 너도 들으면 알걸?"

"응? 그래? 뉴스에도 나왔었어?"

뭔가 말을 꺼내려던 녀석이 갑자기 어이가 없다는 듯 고개를 절레절레 흔들었다.

"어, 어떤 사람이 번개 맞고 죽었다는 뉴스 못 봤어?"

임 선배가 신나게 떠들던 그 황당한 사건의 주인공이 이 녀석의 지인이었다니……

"하… 그 선배라는 분, 젊은 나이에 안됐네."

"그렇지. 뭐, 원래부터 이상한 행동을 많이 하던 황당한 사람이긴 했는데, 그렇게 갈 줄은 몰랐다……"

잠시 내게서 시선을 돌린 녀석이 머리를 긁적이며, 괜히 빈 잔을 매만졌다.

"이거 선배 이야기 하려고 온 것도 아닌데 말이 너무 길어졌네."

"아니야. 생일까지 챙겼을 사이면 꽤 친했던 것 같은데, 뭐."

"고맙다. 근데 이거, 우울한 얘기하고 나서 또 안 좋은 이야기를 하려니 막막하네."

"말하기 뭐하면, 식사 나오고 나서 천천히 하든가."

"아니야. 어차피 얘기할 거 후딱 하고 밥이라도 편하게 먹어야지."

축 늘어진 목소리와 복장 때문인지, 회사에게 된통 깨진 샐러리맨을 보고 있는 것만 같다.

"막상 말을 하려니 어디부터 어떻게 말해야 할지 모르겠네……. 그러니까… 며칠 전에 경기 마치고 숙소로 돌아가는데 전화가 한 통 왔어."

"전화?"

"어. 처음 보는 번호라서 안 받았는데, 계속 오는 거야. 어차피 핸드폰 번호라서 스팸은 아닌 것 같아 번호를 잘못 알았겠거니 하고 받았거든. 근데, 대뜸 그 사람이 나한테 '원석 씨 맞으시죠?' 이러는 거야."

처음 보는 번호로 걸려왔는데 원석이를 알고 있었다고?

"그래서 내가 '예. 맞긴 한데, 누구신데 제 번호를 알고 계신가요?'라고 물었더니, 중요한 건 그게 아니라는 거야."

이야기를 하던 원석의 표정은 점점 굳어만 갔다.

"그럼 뭐가 중요하냐고 화를 내니까, 손해 볼 내용은 아니라면서 잠깐이면 되니까 진정하고 자기 말 좀 들어보래."

원석의 표정을 보면 그가 좋은 소리를 했을 리는 없을 테고, 이거 벌써부터 수상한데?

"혹시 그 사람 목소리는 어땠는지 기억나?"

"응, 남자였는데 목소리는 허스키하면서 약간 굵직했다고 해야 되나?"

대체 그게 무슨 말이야?

"음……. 그러면 대충 연령대라든가, 연예인 중에서 비슷하다거나, 떠오르는 사람은 없어?"

"글쎄? 나이는 아마 30대 정도였는데, 다른 건 갑자기 떠올리려니까 잘 모르겠다, 야."

"그래? 일단 계속 말해봐."

"응. 아무튼 그런 말을 들으니까 짜증이 나더라고, 그래서 뭔 말을 하려는 건지 모르겠는데, 누군지 말 안 할 거면 이만 끊는다고 하니까 그 남자가 다급하게 말을 하는 거야. 그러면 큰돈 벌 기회를 날리게 되는 거라면서, 이 정도면 어떻겠냐고 하더라."

젠장, 설마 그 사건인가?

"설마? 불법 도박에 관련된 사람이었던 거야?"

"이야~ 검사됐다더니, 대단하네……. 그것만 듣고 뭔지 바로 눈치챈 거야?"

지금 그게 중요하냐……. 원석아, 제발 거기에 연루됐다고

만 말하지 마라.

"사람 그만 띄우고. 그래서 어떻게 됐어? 혹시 너 돈 받은 건 아니지?"

"야, 그랬으면 미쳤다고 내가 너한테 말하겠냐?"

서운해하는 녀석의 눈빛에 그제야 안도의 한숨을 내쉴 수 있었다.

"미안, 미안하게 됐다. 직업이 이렇다 보니까 말이 헛 나왔네."

"아니야. 생각해 보니까 내가 너라도 그런 생각했을 거 같아. 그래도 조금 섭섭하긴 해?"

"알았어, 자식아. 오늘은 내가 밥 살게."

"내가 불렀는데 내가 사야 하지 않겠어?"

지랄……. 그런 놈이 눈빛은 왜 그런 건데?

"됐어. 내가 살 테니까 그런 줄 알고 넌 하던 말이나 계속하시지?"

"그럼, 어쩔 수 없나……. 아무튼 바로 끊으려고 했는데, 돈을 준다는 말을 들으니까 나도 모르게 혹하더라. 놈도 그걸 눈치챘는지 다음 경기에서 상대 선수한테 져주기만 하면 되는 거니까 어렵게 생각하지 말라고 하더라고."

"흔들렸다는 걸 보면, 제시한 돈이 꽤 큰 액수였나 봐?"

"그랬지. 전화를 끊으면서도 그냥 눈 딱 감고 할 걸 그랬나?

했을 정도니까."

"하긴, 너한테 연락을 했을 정도면 대충 알 만하다. 별일 없었다니까 그래도 다행이네."

"나야 그렇지."

"응? 그건 또 무슨 말이야."

"나한테만 그런 제안을 했던 게 아닌 것 같아."

"원석이, 너 뭔가 걸리는 일이라도 있는 거야?"

"어. 봉춘성 선수라고 혹시 아냐?"

음? 글쎄…… 떠오르지 않는 걸 보면, 그리 유명한 선수는 아닌 것 같은데.

"들어본 거 같긴 한데? 그 선수가 왜?"

"어제 봉춘성 선수랑 강동준 선수랑 경기가 있었는데, 8:2 정도로 봉춘성 선수가 일방적으로 이길 거라고 예상하던 경기였어."

전과 달리 쉽게 끝날 줄 알았더니, 이미 꼬일 대로 꼬여 있던 건가…….

"근데, 강동준 선수가 이겼다?"

"맞아. 그것도 질 수 없는 상황에서 실수를 했지. 사실 경기 끝나고 나서, 방송에선 드라마틱한 경기였다 뭐다 하면서 떠들어 댔는데, 선수들끼리는 말이 좀 나왔었어."

"내가 그 경기를 보면 알 수 있는 건가?"

"아무래도 힘들지 않을까? 자주 보는 팬들이 아니라, 일반인이 보기엔 그냥 통쾌한 역전극 정도?"

젠장, 그러면 증거를 제대로 확보하지 못하면 죽도 밥도 안 되다는 말인데.

"그 경기 말고는 이상한 건 없었던 거야?"

"세 달 전에도 이런 적이 한 번 있어서 그 경기도 확인해 봤는데, 미심쩍은 점이 한두 군데가 아니더라. 근데 이건 양쪽에서 그런 거라 어쩌면 두 사람 다 관련이 있을지도 모르겠어."

이 분야에선 최고인 원석의 말이니 신빙성은 있는데 대체 어떻게 풀어나가야 하려나.

일단 게임 외적으로 접근을 하는 수밖에 없나.

"승민아, 이런 일로 부탁하게 돼서 미안하다."

"검사 친구 이럴 때 아니면 언제 써먹으려고? 잘했어. 그럼 자세한 건 밥 먹고 마저 이야기하자."

생각보다 사건이 컸기에, 검찰청으로 가서 좀 더 들어봐야 할 것 같았다.

회에다 금이라도 뿌렸나……. 무슨 밥값이 1인당 5만 원이 넘어?

"괜찮냐? 미리 예약해놓은 거라, 조금 비쌌을 텐데?"

"그 정도 여유는 있으니까 걱정 말고 얼른 가기나 하시죠."

"그래, 그럼 먼저 출발해. 내가 뒤따라갈 테니까."

사무실에 들어서자, 싸늘한 네 개의 눈동자가 내게로 향했다.

"아이고~ 친구분은 잘 만나고 오셨습니까? 검. 사. 님?"

퉁명스럽게 묻고는 과장되게 서류를 훑어 내려가는 이 수사관 옆에서 고개를 팩 돌리며, 윤정 씨가 나긋나긋한 목소리로 조용히 속삭였다.

"오늘 아침에만 해도, '자! 자! 오늘 밤새야 될 것 같으니까 함께 힘내죠?'라고 하셨던 것 같은데……. 혼자만 힘내고 오셨네요."

문밖에서 우리의 대화를 들었는지, 어느 순간부터 뒤따라오던 원석의 발소리가 들려오지 않았다.

"그만들 하세요. 일이 있었다니까요."

그러거나 말거나, 둘은 내가 들고 있는 종이백에서 무엇이 나오는지에 따라 마음을 결정할 모양이었다.

둘 사이에 백을 내려놓자, 키보드를 두드리던 윤정 씨가 손으로 슬며시 백을 들쳐보더니 이 수사관에게 고개를 끄덕였다.

에휴, 이 징글징글한 인간들을… 언제까지 봐야 하려나?

"미안, 사무실 식구들이 조금 괴짜라……. 들어와."

"그래……. 너도 고생이 많구나."

"두 분, 잠시만 식사 멈추시고 집중해 주세요."

연민이 담긴 원석의 시선을 애써 외면하며, 초밥을 흡입하고 계시는 부하님들께 그의 사정을 설명했다.

"안녕하십니까! 방원석 씨, 만나 뵙게 돼서 영광입니다."

"아, 예 안녕하세요."

"이야~ 우리 검사님 동창이셨구나. 원석 씨 나중에 사인한 장만 부탁드립니다."

별전에 대해 관심이 많았는지, 침까지 튀겨가며 원석이와 대화를 나누는 이 수사관과는 달리 실무관은 그저 초밥만 묵묵히 드시고 계셨다.

"이 수사관님, 그만하시고, 원석이한테 걸려왔던 핸드폰 번호부터 확인 좀 해주세요."

"예, 알겠습니다. 아, 원석 씨 학창 시절 검사님은 어땠습니까?"

"이 수사관님!"

"어휴, 검사님……. 귀청 떨어지겠습니다. 그나저나 화내시는 거 보니 뭐 찔리는 일이라도 있으신가 봅니다?"

"그런 거 없으니까, 제발 조사나 좀 해주세요."

"분부대로 합죠."

조사를 하면서도 호시탐탐 기회를 노리는지, 수사관의 능글맞은 시선은 여전히 원석을 향하고 있었다.

제발 일을 그렇게 열심히 해보지.

"원석아, 아무래도 조금 오래 걸릴 것 같은데, 괜찮겠냐?"

수사관의 노골적인 눈빛에 난감해하고 있던 원석이 갑작스런 내 질문에 멍한 얼굴로 이쪽을 바라봤다.

"어? 어, 그건 걱정 마."

"그래? 다행이네. 그럼, 그 이상하다던 경기 내용 좀 설명해줄래?"

"보면서 설명을 들어야 이해하기 쉬울 것 같은데 여기서 막 봐도 되나?"

녀석이 어색하게 웃으며 주위를 둘러봤다.

"별걸 다 걱정하네. 증거 영상이 될 수도 있는데 여기서 안 보면 어디서 보게? 틀기나 해."

의자에서 일어나 옆으로 비켜주자, 원석은 인터넷을 검색하며 경기 영상을 찾기 시작했다.

"그거야?"

"응, 이번에 했던 경기라 바로 있네. 다 보면 시간이 좀 걸리는데, 그 장면만 보여줄까?"

"아니야. 전체적으로 뭔지 알아야 역전이 불가능한 경기라는 걸 알지. 빨리 넘겨보다가, 니가 봤을 때 필요한 장면인 거 같으면 설명 좀 해줘."

"오케이. 그럼 어디 보자……."

원석의 말대로 경기가 진행될수록 논란이 있었다던 봉춘성과 강동준의 경기는 봉춘성 선수가 조금씩 승기를 잡아나가고 있는 모습이었다.

"이쯤 되면 질 수가 없거든? 멀티 수도 훨씬 많고, 강동준 선수는 프로스 주력 병력 조합도 제대로 구성이 안 되어 있는 반면, 봉춘성 선수의 처그는 조합도 다 갖춘 상태란 말이야."

"프로스가 하템으로 번개 좀 날리고 그러면, 처그 상대로는 역전할 수도 있지 않나?"

과거에 별전 경기들을 본 기억들을 떠올리며 원석에게 물었건만, 곁으로 다가온 이 수사관의 조롱 섞인 핀잔을 들어야 했다.

"검사님, 프로게이머 앞에서 그런 말씀을 하시면 안 되죠. 저 상황이면, 과장 좀 보태서 어택 땅만 찍어도 처그가 이깁니다."

"거참, 모를 수도 있지. 너무 뭐라 하시네⋯⋯."

"뭐, 검사님 성격에 안 봐도 공부만 하셨을 테니 모르는 게 당연하긴 하겠네요. 흐흐~ 원석 씨도 웃는 걸 보면, 제 말이 맞는 모양입니다."

"아니요. 그래서 웃은 거 아니에요."

똥 씹은 표정을 짓고 있는 나를 보며 원석이 손사래를 치자, 예상과는 다른 원석의 반응에 수사관이 쓸데없는 호기심을 갖기 시작했다.

"음? 아니라니요?"

"아, 정동고 별전 최강자가 별전으로 무시당할 거라곤 생각도 못했거든요. 안 그래, 넘버원 씨?"

"몰라, 자식아. 헛소리하지 말고 설명이나 계속해."

우리의 대화를 듣던 수사관이 과장된 몸짓을 하며, 검지를 까딱거리며 말했다.

"에이~ 지금 두 분이서 짜고 저 놀리시는 거죠? 애 많이 쓰셨는데 이거 어떡하나? 적당히 하셔야 속아 드리죠!"

그의 말에 원석이 입을 열려고 하자, 수사관은 초면인 원석의 어깨를 토닥이고는 그러지 말라는 듯 씨익 웃었다.

"속일 사람을 속여야죠. 다 안다니까요~ 이래 봬도 수사관 경력만 10년입니다?"

진짜, 지랄도 가지가지 한다. 음……? 근데 이 양반은 핸드폰 조사하라고 했더니, 여기서 뭐 하고 있는 거야?

"수사관님, 핸드폰 번호는 확인하신 거예요?"

"아! 그거 말씀드리려고 왔던 건데 깜빡했네요?"

하루 이틀이여야 화를 내지. 이젠 놀랍지도 않으니…….

"번호 조회해 봤는데, 핸드폰 주인은 이미 이 세상 사람이 아닙니다."

"하, 역시나 대포폰이었네요."

"예, 대체 이번 달에만 몇 번째인지……."

검찰청에서 범죄자들에게 압수한 대포폰만 모아도 창고 하나는 거뜬히 채울 정도이니, 수사관이 진절머리를 치는 것도 당연한 일이었다.

"이제 어떻게 할까요, 검사님?"

"지금은 봉춘성의 계좌를 조사해 보는 수밖에 없죠."

"하아……. 법원에서 영장 발급을 해줄지 모르겠네요."

"별수 있나요. 입맛에 맞게 잘 써봐야죠."

"흐흐, 그럼 영장 나올 때까지 증거 분석이나 도와드리겠습니다."

상사 앞에서 농땡이 친다는 말이 잘도 나오는구만.

"원석 씨, 설명 좀 부탁드립니다~"

자리를 잡고 앉은 수사관이 능청스럽게 정지된 동영상을 다시 재생시켰다.

"원석아, 이번 사건 말이야. 잘 해결돼도 너한테 피해가 갈지도 몰라."

"알고 있어. 그 정도 예상도 못 했으려고. 그래도 어쩔 수 없잖아. 이대로 뒀다간 일만 더 커질 텐데."

말없이 바라보는 나를 향해 씁쓸하게 웃던 녀석은 잘 부탁한다는 말과 함께 검찰청을 나섰다.

"검사님, 봉춘성의 계좌엔 흔적이 남아 있는데, 다른 두 명은 깨끗한데요?"

"그래요? 그럼 봉춘성부터 파헤쳐 보죠. 계좌로 돈 보낸 놈부터 잡아들이세요."

"그게… 검사님? 말씀드리기 죄송하지만, 대포통장입니다."

이 망할 놈의 대포! 정말 돌아버리겠네⋯⋯.

"주소지가 불분명한 게 문제지만, 그래도 이번엔 명의자가 살아 있네요."

그 말은 노숙자란 건데, 대체 어디서 찾으라는 말이야.

"전에 살던 곳은 서울이구요."

"그럼, 찾아야죠. 가능성이 제일 높은 서울역부터 이 잡듯이 뒤져 보죠."

"예, 그럼 경찰에 연락해 놓겠습니다."

"윤정 씨, 봉춘성 소환 날짜 좀 잡아주세요."

고개를 끄덕이는 실무관을 바라보며 며칠간 야근을 한 탓에 쌓인 피로를 풀기 위해 기지개를 켜자, 지친 몸은 '뚜두둑' 하는 소리를 내며 쉬게 해달라고 아우성쳐댔다.

그나저나 찾아도 문제인가?

봉춘성이 돈을 받았다고 해도, 그날 경기가 조작된 것이란 걸 밝혀내지 못하면 결국 양쪽 다 처벌하기 힘들 것이다.

그걸 잘 알고 있는 사무실 식구들 역시, 양쪽을 엮을 수 있는 방법을 찾고 있었지만, 나올 리가 만무했다.

"검사님, 이거 판례도 없어서 만약에 봉춘성이 작심하고 잡아떼면 우리가 밀릴 수도 있겠는데요."

경찰에게 연락을 마치고 온 수사관의 얼굴엔 수심이 가득했다.

"별수 있나요. 놈이 낚이길 바라야죠."

다음 날, 말끔하게 차려입은 봉춘성이 중년의 변호사를 대동하고 검찰청을 찾아왔다.

"봉춘성 씨. 계좌 내역을 보니까, 이번 주 경기를 하기 2주 전에 500만 원이 통장으로 들어왔네요."

"죄송하게 됐습니다. 유혹을 이기지 못하고 돈을 받긴 했습니다만, 양심에 걸려서 실행에 옮기지는 않았습니다."

양심 고백을 하기에 혹시나 했는데, 결국 우리가 우려하던 일이 벌어지는 건가?

하긴 이럴 거 아니면, 비싼 돈 주고 변호사를 쓸 이유도 없지.

"돈은 받았지만, 경기 조작은 하지 않았다는 말씀이신가요?"

"예, 맞습니다."

"하지 않으셨다는 분이, 왜 돈을 다시 돌려주지 않았습니까?"

"돌려주려고 했는데 검찰에서 먼저 연락이 와서 그러지 못했을 뿐입니다."

"그 말은 계속 연락을 주고받았다는 말씀이신가요?"

"예, 그런데 연락은 그쪽에서 일방적으로 했었습니다. 제가 해도 받지 않았습니다."

"직접 만나거나 하신 적은 없구요?"

"예, 그런 적은 없습니다."

그래? 이거 뭔가 냄새가 나는데?

"잘 알겠습니다. 그런데 아까 경기 조작은 하지 않으셨다고 하셨는데, 저희 쪽에서 전문가의 견해를 들었을 땐 조작이 확실하다는 평이었습니다."

"검사님께서 무슨 말씀을 하시는지 모르겠네요."

눈빛을 보니, 앵무새처럼 변호사에게 들은 이야기만 주저리주저리 늘어놓을 모양이군.

"4일 전에 강동준 선수와의 경기 말입니다. 그 정도면 프로게이머가 아니라도 별전 팬이라면 누구라도 질 상황이 아닌 걸 알 수 있는 상황이었잖습니까?"

"말씀하시는 걸 보면, 별전을 잘 모르시는 거 같네요. 원래 별전 자체가 역전이 많이 나오는 게임이에요. 그날 경기는 제 판단 미스를 강동준 선수가 잘 파고들어서 진 것뿐입니다."

역시나 뻔뻔스럽게 말을 마친 봉춘성이 변호사와 눈빛을 교환하고 있었다.

법원에서도 받아들일지 확실하지 않은 걸, 더 이상 물어봐야 시간 낭비겠지.

"그렇군요. 그럼 이만 돌아가 보셔도 좋습니다."

봉춘성이 조사실을 나서자, 이 수사관이 답답하다는 듯 가슴을 내려치며 쏘아붙였다.

"아! 돌아가면서 실실 쪼갤 게 눈에 보이네요. 넘버원님께서 그렇다면 그런 거지. 안 그렇습니까?"

"이 수사관님……."

"농담입니다. 자~ 들어가시죠. 뭐 하나 건진 게 없어서, 할 일이 태산인데."

기운이 빠졌다는 듯 어깨를 축 늘어뜨린 그에게 의미심장한 미소를 지어 보였다.

"왜 그러십니까? 혹시 화나신 건 아니죠……?"

"이상하네요. 저는 수사관님도 눈치채셨을 줄 알았는데."

"갑자기 밑도 끝도 없이 무슨 말입니까? 검사님이 정말 넘버원이셨다는 말씀이시면 됐습니다."

"아니요……. 봉춘성의 은행 계좌 말이에요."

"은행 계좌요? 그게 뭐가 문제 있습니까?"

정말 깨닫지 못했는지, 평소라면 날카로워졌을 그의 눈매는 여전히 하회탈처럼 작게 휘어 있었다.

"눈치 빠르신 분이 오늘은 왜 이렇게 감을 못 잡으시나……. 경기 2주 전에 500만 원을 받았잖아요."

"그렇죠. 2주 전에 받았죠? 어라? 아하……."

"이제야 감이 잡히시나 보네요."

"이런 걸 놓치다니, 제가 더위를 먹었나 봅니다. 어쩐지 액수가 적다 했습니다."

"예, 아마도 선금이겠죠."

"그럼, 이제 관건은 경기 후에 받았을 잔금을 어디다 숨겼냐는 건데. 봉춘성이 설마 대포통장을 만들었을 리는 없고……. 가족이 제일 유력하네요."

"제 생각도 그래요. 가족, 아니다, 혹시 모르니 친인척 모두 조사해 보죠?"

*   *   *

"어라? 검사님, 이번이 처음이 아닌 것 같은데요?"

이번엔 뭔가 나왔는지, 수사관이 눈빛을 번뜩였다.

"흐흐~ 저희가 하마터면 봉춘성 이놈한테 깜박 속을 뻔했습니다."

찬찬히 수사관이 건넨 봉춘성의 친형의 계좌 내역을 확인하자, 6개월 사이 4번 정도 입금이 된 사실을 알 수 있었다.

"이걸로 한번 엮어 볼까요?"

"이 정도면 다 잡은 거나 마찬가지네요."

"예, 의외로 쉽게 흘러갑니다."

이제 문제는 사기도박을 벌인 그놈들인데…….

"봉춘성은 수사관님 말대로 이대로 엮으면 될 것 같은데, 경찰 쪽에선 아직 연락 없습니까?"

"예, 서울역을 이 잡듯이 뒤졌는데, 조인석이라는 사람은 없다는데요. 다른 곳도 뒤지고 있는데 아무래도 힘들 것 같습니다."

"그래요? 이거 난감하게 됐네요. 정작 잡아야 할 놈들은 단서도 안 나오니……."

"경찰이 찾을 수도 있으니, 좀 더 기다려 보고, 일단 봉춘성이랑 놈들한테 대신 잔금 받아준 그 형이란 작자부터 구속하시죠?"

"예, 그렇게 하죠."

"그나저나 안타깝네요. 애꿎은 다른 프로게이머들만 피해를 보게 생겼습니다. 원석 씨께 괜히 미안해지네요."

봉춘성이라는 미꾸라지 한 마리가 물을 흐린 건가.

"그러게요. 원석이 녀석 말은 괜찮다고 해도 걱정이 이만저만이 아닌 것 같던데. 이번 일 해결하면 술이나 한잔해야겠네요."

"흐흐, 그땐 저도 꼭 끼워 주셔야 합니다."

부탁한다는 듯 실실 웃으며 봉춘성과 관련된 자료를 건네주고 있었지만, 그가 지금 화를 참고 있다는 것을 보여주듯이 수사관의 눈은 얼음장처럼 차가웠다.

"진짜라니까요."

봉춘도는 태연한 척, 아무것도 모른다는 듯 책상에 손을 올려놓은 채 주변을 둘러보고 있었지만, 뭔가 초조해 보였다.

"말이 되는 소리를 하세요, 봉춘도 씨."

"그냥 춘성이가 받을 돈 있다고 해서 대신 받아 준 겁니다. 그게 다예요. 그게 어떤 돈인지는 저도 몰라요."

정말로 모르고 있었던 건지는 좀 더 두고 보면 알겠지.

"그럼, 오늘은 여기까지 하죠. 3일 뒤에 다시 뵙죠."

"참 나, 이정도로 우애가 좋으면 동생 경기는 챙겨볼 텐데. 동생이 질 때마다 돈이 들어왔는데 그걸 모른다는 게 말이 안 되지 않습니까?"

심문실을 나오자마자 이 수사관이 혀를 차며 투덜댔다.

"예. 저도 그렇게 생각하고 있어요. 그것보다 뭔가 행동이 이상하지 않아요?"

"그러게요. 뭐, 이런 일이 처음이니 그런가 싶었는데 아무래도 그게 아닌 것 같습니다."

"수상한데 봉춘성은 이대로 기소해도 될 것 같으니, 봉춘도나 좀 더 캐보죠."

"그러죠. 흐흐~ 아까 봉춘성 자식, 아주 사색이 돼서 벌벌 떠는 걸 보니까 속이 다 후련하던데요."

"이제 감옥에 갈 일만 남았다는 걸 알았으니 그럴 수밖에요."

그나저나 대체 봉춘도가 숨기고 있는 게 뭘까?

내가 녀석이었다면…….

"검사님, 안 들어가실 겁니까?"

수사관이 거기서 뭐 하냐는 듯 사무실 문을 연 채 이쪽을 보고 있었다.

"들어가야죠."

"무슨 생각을 그리 곰곰이 하고 있었습니까?"

"봉춘도 때문에요. 아까 저희가 그 돈이 뭔지 알겠냐고 물었을 때, 오히려 안심하는 눈빛이었던 게 자꾸 걸리네요."

"어쩌면, 뭔가 다른 범죄라도 저질렀을지도 모르죠. 제가 봉춘도였으면……."

수사관의 말을 들은 윤정 씨가 눈을 흘기며 한마디 했다.

"수사관님이면 분명 동생인 봉춘성 경기에 돈이라도 걸었겠죠. 그 좋은 기회를 놓쳤겠어요?"

그래, 그거였어.

"왜들 그러세요? 에어컨 바람 나가니까, 문 좀 닫아 주셨으면 하는데……."

자신이 지금 무슨 말을 한지도 모른 채 째려보는 윤정 씨를 바라보던 나와 수사관의 입가에 미소가 피어올랐다.

"암요, 우리 윤정 씨 더우실 텐데 닫아드려야죠. 수사관님."

"예, 검사님. 봉춘도 계좌 내역 다시 확인해 보겠습니다."

무슨 말을 할지 알겠다는 듯 대답을 한 수사관은 서둘러 서류를 살펴보기 시작했다.

"축하드립니다. 윤정 씨."

"예? 갑자기 그게 무슨 소리예요?"

"방금 금일 야간 근무권에 당첨되셨어요~"

수사관이 살랑살랑 흔드는 복사지를 낚아챈 윤정 씨의 미간이 찌푸려졌다.

"하아… 제 입이 방정이었네요……."

"에이, 그럴 리가요. 윤정 씨 덕분에 실마리가 풀렸는데요."

"다른 사람도 아니고 수사관님께 그런 소리를 들으니, 별로 기분이 좋지는 않네요."

원망 섞인 눈으로 잠시 복사지를 노려보던 윤정 씨가 고개를 들었다.

"검사님."

"예?"

"보통 이럴 땐 최고급 야식권도 함께 오지 않나요?"

"그렇죠……. 아마 8시쯤에 사무실로 배달이 될 겁니다……."

"흐응……. 분명 초밥일 거야."

초밥이라…… 기억해둬야겠구만.

"오~ 윤정 씨 덕분에 오늘은 오랜만에 입이 호강하겠네요."

"그건 아직 모르죠. 수사관님께서 저한테 무슨 일인지 말씀을 해주셔야 분식이 될지 초밥이 될지 결정이 되겠죠?"

"염려 마십시오. 보시면 깜짝 놀라실 테니까요."

하… 이것 봐라? 봉춘도 이놈이 돈독이 제대로 올랐네.

"설마 했는데, 진짜로 걸었을 줄이야."

"그래도 양심은 있는지 첫 경기엔 안 걸었더라구요."

통장 내역을 확인해 보니 매번 경기 날과 비슷한 시기에 한 곳으로 출금한 내역과 며칠 뒤 다시 그 금액의 배에 가까운 금액이 입금된 내역을 확인할 수 있었다.

"글쎄요. 그땐 정말 몰랐을 수도 있죠."

"뭐, 어찌 됐든 다른 계좌로 하면 안 걸릴 줄 알았나본데 봉춘도 놈 스스로 지 무덤을 팠네요."

"예. 그리고 이놈 덕분에 그놈들도 잡을 수 있을지도 모르겠어요."

"어떻게 말입니까?"

"도박 사이트를 운영할 줄 알고 그쪽으로만 뒤졌잖아요. 근데 놈들이 돈을 벌려면 직접 거는 쪽이 낫지 않겠어요?"

"놈들도 봉춘성 경기에 큰돈을 걸었을 테니 덜미가 잡힐 거란 말씀이시군요. 검사님… 도박 사이트가 한두 개도 아니고……. 이거 초밥으론 단가가 안 맞는데요?"

"이번 일 끝나면 회식이라도 할 테니까, 걱정 말고 진행이나 하세요."

*　　　　*　　　　*

"하아… 오늘로 벌써 열흘째인데……."

그사이 들쑤신 도박 사이트만 해도 수십 개가 넘어가자, 모두 지쳐가고 있었다.

"귀신이 곡할 노릇이네요. 이렇게 뒤졌는데도 크게 건 놈들이 없다는 건 말이 안 되는데……."

"검사님, 제 말이 그겁니다. 이렇게까지 뒤졌는데도 안 나온다는 건 가망이 없다는 겁니다. 이제 남은 건 배당금도 안 챙겨주는 사기 사이트 아니면 잔챙이들뿐이구요. 거기다 봉춘성 형제도 이젠 구속을 하든, 기소를 하든 결정해야 됩니다."

이 수사관의 심정을 이해하지 못하는 건 아니지만, 지금 그랬다간 흑막인 이놈들이 소식을 듣고 도주를 할 가능성이 높았다.

"수사관님, 놈들한테 연락이 올까봐 봉춘성을 구속하지 않고 도청하고 있는 건데, 그건 안 돼요."

"검사님, 어차피 이 사건 더 이상 못 숨깁니다. 이러다 봉춘성 형제가 도주라도 하면 검사님께서 문책 받을 수도 있습니다. 결정하시죠?"

"후… 하루만 더 해보고 안 되면 그땐 수사관님 말씀대로 하죠."

"약속하신 겁니다?"

걱정스런 눈빛으로 쳐다보는 수사관에게 고개를 끄덕이고 심란한 마음을 달래기 위해 바람이라도 쐴 겸 사무실을 나섰다.

그러나 막상 복도 창문 앞에 서니, 습기를 가득 머금은 더운 공기만이 반겨오고 있었다.

괜히 나왔나? 뭐 하나 제대로 풀리는 게 없구만…….

"최승민이, 더워 죽겠는데 방에서 에어컨 바람이 쐴 것이지, 거기서 뭐 하노?"

임 선배의 목소리가 들려오는 쪽으로 고개를 돌리자, 임 선배와 윤 검사가 입에 쭈쭈바를 하나씩 물고 내게 다가오고 있었다.

"안녕하세요, 선배. 맛있어 보이네요?"

"하모, 여름엔 쭈쭈바만 한 게 있겠나. 윤 검사 재 하나 줘라."

"예, 선배님."

임 선배의 말에 윤 검사가 물이 뚝뚝 떨어지는 봉지를 뒤적거리기 시작했다.

"아니야, 지민아. 괜찮아."

"왜 그리 기운이 없노? 혹시 요번에 맡은 사건 때문에 그러나? 이 수사관한테 들어보니까 다 끝났다던데 아니었어?"

"저도 그런 줄 알았는데, 이러다 다 놓칠 판이에요."

"왜? 뭐가 문젠데?"

지푸라기라도 잡는 심정으로 이야기를 늘어놓았지만, 돌아온 건 임 선배의 깊은 한숨이었다.

"이야…… 그렇게 했는데도 안 나와? 이런 경우는 또 처음이네."

"그러게요. 정작 잡혀야 할 놈들은 그림자도 못 찾고 있으니……"

"저기… 최 선배님."

머뭇거리며 말을 꺼낸 윤 검사가 반쯤 먹은 쭈쭈바를 매만지며 임 선배의 눈치를 보고 있었다.

"응? 왜? 할 말이 있으면 해봐."

"그 사이트 다 뒤졌다고 하셨잖아요……?"

"아놔! 진짜, 야! 윤지민이. 내가 그러지 말라고 몇 번을 말했노! 할 말 있으면 똑바로 해라. 자꾸 와 이리 눈치를 봐싸?"

"죄송합니다! 선배님."

아휴……. 선배가 그러니, 애가 기가 죽어서 이러는 거죠.

"됐다. 사과할 시간에 후딱 말이나 해."

"예……. 그러니까, 제 생각엔 최 선배님께서 모르고 지나쳤을 수도 있을 것 같아서요."

내가 지나쳤을 수도 있다고?

"엥? 갑자기 그게 무슨 소리야?"

지금 내 심정을 대변하듯 임 선배가 황당하다는 눈빛으로 윤 검사를 쳐다봤다.

"지민아, 선배 말대로 나도 이해가 잘 안 되는데?"

"지금 선배가 맡은 사건은 불법 도박 사이트가 아니면 돈을 벌 수 있는 곳이 마땅히 없잖아요. 그런데 전부 뒤졌는데도 안 나왔다는 건, 말이 안 된다고 생각해요. 오히려 여러 곳으로 나눴으면 모를까?"

허……. 아주 잠시였지만, 너무 기쁜 나머지 나도 모르게 물끄러미 쳐다보는 그녀를 와락 끌어안고 말았다.

"선배님……?"

"아! 미안해……. 많이 당황했지? 너무 기뻐 가지고……."

"아니에요. 선배님 반응을 보니까 제가 도움이 된 거 같네요?"

"어, 지민아, 진짜 니 덕에 살았다."

"지랄들 하고 있네. 지금 니들 내 앞에서 청춘드라마 찍노?"

"선배, 그럴 리가 있나요. 법정 스릴러면 모를까. 아무튼 지금은 바빠서 먼저 들어가 보겠습니다. 아! 지만아, 방금 일은 미안했다."

"점마 보게! 할 말 없으니까 튀는 거 보소?"

"선배, 그러다 다쳐요!"

근심 어린 얼굴로 나갔던 내가 땀이 범벅이 된 채 문을 벌컥 열고 들어오자, 이 수사관이 놀란 눈으로 물었다.

"검사님? 어딜 다녀오셨길래, 그렇게 땀을 흘리십니까?"

"잠깐 복도에서 바람 좀 쐬고 왔어요. 중요한 건 그게 아닙니다. 이번 사건 드디어 끝이 날 것 같아요."

그에게 윤 검사에게 들은 이야기를 전해주자, 이내 수사관의 표정이 밝아졌다.

"오~ 윤 검사님, 얼굴만 예쁘신 게 아니었네요. 그럼 끝을 내 볼까요."

수색 영장을 발부 받고 지루하기만 했던 작업을 시작한 지 5시간이 흘렀을 때, 우린 녀석들의 덜미를 잡을 수 있었다.

"젠장. 이러니 찾을 수가 없었죠."

수십 개의 도박 사이트에서 봉춘성 경기에서 돈을 딴 계좌를 확인해 보니 각 사이트마다 동일한 계좌들이 추려졌다.

"이것도 걸릴까 봐 여러 계좌로 나눠서 진행을 한 걸 보면 정말 주도면밀하네요."

"예, 이것마저 대포통장입니다. 그래도 이번엔 끝이 났어요."

대포통장들에서 공통적으로 돈이 송금된 2개의 계좌를 찾아낸 수사관이 전화를 들었다.

"박 형사님, 접니다. 아뇨. 그 사람은 이제 그만 찾으셔도 될 것 같습니다. 예, 예…… 대신 이놈을 잡아주셔야겠어요."

*　　　*　　　*

봉춘성 형제와 도박 브로커들을 기소를 한 지 몇 시간도 채 되지 않아, 인터넷 사이트는 별전 경기 조작이란 타이틀의 기사로 도배되기 시작했다.

지이잉— 지이잉—

"여보세요. 어, 원석아. 기사 본 거야?"

─응. 잘 해결해 줘서 고맙다, 승민아.

방금 본 기사들 중엔 다른 프로게이머들 역시 연루가 됐을 거라는 추측성 기사도 상당수를 차지하고 있었던 터라, 원석이 녀석이 애써 밝게 말을 하고 있다는 것이 느껴졌다.

"고맙긴, 그나저나 괜찮냐?"

─괜찮겠냐? 아주 죽을 맛이다.

"그럼 기분도 풀 겸 이번 주말에 술이나 한잔할래? 내가 쏠게."

─마음 같아선 그러고 싶은데……. 아마 한두 달은 조용히 지내야 할 것 같아. 나한테도 연락이 왔냐, 어쩌네 하면서 기자들이 아주 난리다.

"그래. 그럼, 다음에 봅시다."

안 그래도 원석이와 약속을 잡아야 하지 않겠냐며 나보다 더 성화를 부리던 이 수사관이 단숨에 달려왔다.

"검사님, 어떻게 됐습니까?"

"안 된다네요."

"예에!? 그게 무슨 말입니까? 이날만을 기다리며 버텼는데요?"

"기자들 때문에 꼼짝도 못 한데요."

"그렇습니까? 그럼 아쉽지만, 우리끼리 가야죠, 뭐……."

"어딜요?"

"어디긴 어딥니까? 오늘 회식하는 거 아니었습니까?"

이 인간아, 어제 했던 건 뭔데 그럼······.

"오늘은 안 돼요. 윤 검사한테 한턱 쏘기로 했거든요."

"흠··· 어쩔 수 없죠. 회식은 다음에 하고, 윤 검사님이랑 같이 한잔하죠."

당연하다는 듯 앞장서는 수사관을 따라 오랜만에 정시에 퇴근을 할 수 있었다.

이렇게 또 한 건 해결인가?

5장

여유

형사들에 의해 끌려가는 범인을 바라보고 있을 때, 김 반장이 다가왔다.

"검사님, 고생 많으셨습니다."

잠복근무에 참여했다고는 해도 고작 하루에 불과했지만, 언제 범인이 나타날지 모른다는 긴장감 때문인지 피로감이 몰려오고 있었다.

"아니요, 김 반장님께서 고생이 많으셨죠."

마음 같아선 얼른 대화를 마치고 쉬러 가고 싶었지만, 2주를 넘긴 잠복근무 탓에 퀭한 얼굴로 그래도 범인을 잡아서 다행이란 듯, 씨익 웃는 김 반장에게 그런 말을 꺼낼 수는 없었기에 적당히 말을 둘러대야 했다.

"에이, 저희야 맨날 하는 일이 이 짓거리라 이골이 났다지만, 검사님은 이번이 처음이신데 그게 같나요."

"그런가요? 아무튼 잡아서 다행입니다."

"예, 이번에도 놓쳤으면 인천까지 갈 뻔했습니다."

"진짜 생각만 해도 끔찍하네……."

김 반장의 말에 범인을 잡는 데 일조한 차 형사가 조용히 내뱉은 혼잣말을 들은 김 반장이 어이가 없다는 듯 그를 바라봤다.

"짜식이 벌써부터 빠져 가지고, 인마, 나 때는 부산까지 갔다 왔어. 인천이면 코앞이지."

"에이, 반장님……. 제 말은 그냥 오늘 잡아서 다행이라는 거죠."

할 말이 없어진 김 반장이 괜히 헛기침을 했다.

"크흠, 능글맞기는… 하여간 입만 살아가지고."

입이 댓 발 나와서 툴툴대는 김 반장을 보던 차 형사가 어쩔 수 없단 듯 실실 웃으며 그를 달랬다.

"으아~ 온몸이 찌뿌둥한데, 반장님 철수하는 길에 찜질방이나 들러서 몸 좀 지질까요?"

"됐어, 자식아. 찜질방은 무슨."

하지만 퉁명스럽게 내뱉는 말과 달리 평소 좋아하는 장소인지, 김 반장의 표정은 아까보다 누그러져 있었다.

그런 그에게 쐐기를 박으려는 듯 차 형사가 내게 물었다.

"최 검사님, 검사님도 같이 가시죠?"

이런 상황에서 안 간다고 할 수도 없고, 어쩔 수 없다.

"그러죠, 뭐. 안 그래도 뻐근했는데 잘됐네요."

"아, 자식. 안 가다니까……. 검사님, 힘드실 텐데, 이 녀석 때문에 죄송하게 됐습니다."

"아니에요, 괜찮습니다."

그렇게 차 형사 덕분에 새벽 3시에 서초경찰서 강력 3팀과 함께 예정에도 없던 찜질방으로 출발해야 했다.

"제가 계산하겠습니다."

카드를 꺼내는 모습을 보던 김 반장이 황급히 손사래를 쳤다.

"아닙니다, 검사님. 제가 내겠습니다."

서둘러 계산을 하는 김 반장에게 미안해하자, 그가 멋쩍게 웃으며 말했다.

"정 그러시면, 사우나 후에 밥이라도……."

나이에 안 맞게 선물을 기대하는 아이 같은 눈빛으로 바라보는 그에게 고개를 끄덕이자, 강력 3팀 형사들이 환호를 해왔다.

"이게 웬 횡재입니까!"

"그러게 말입니다. 오늘만 같으면 잠복도 할 만한데요?"

"자식들 새벽부터 시끄럽게……. 검사님, 그럼 들어가시죠."

우락부락한 형사들에게 둘러싸여, 옷장으로 가는 동안 주위를 둘러보자 역시나 새벽이라 그런지 사람은 거의 보이지 않았다.

"높은 분이랑 이런 곳에 오긴 또 처음이네요."

민망하게 살다 보니 이런 일도 다 있다며, 너스레를 떨던 김 반장이 탈의를 시작하자, 차 형사 역시 한마디 거들었다.

"그러게 말입니다. 현장에 나오시는 분도 보기 힘든데, 최 이사님도 참 특이하십니다."

수사 중에 신분을 숨기는 비롯이 몸에 뱄는지, 김 반장이 자연스레 호칭을 바꿨다.

아무리 신분을 감추기 위해서라지만, 졸지에 낙하산 임원이 되어버린 건가.

"일이 어떻게 돌아가는지 알아야 서로 편할 것 같아서 겸사 겸사 나오는 거니, 그렇게 안 띄워주셔도 됩니다."

"그런 것치고는 현장에 너무 많이 나오십니다? 혹시 대건 씨 때문에 그러시는 건 아니죠?"

아니라고는 말 못 할지도…….

하지만 지금 그 말을 꺼냈다간, 수사관과 자주 술자리를 갖는 김 반장이 냉큼 그에게 고자질을 할 게 뻔했다.

"에이, 그럴 리가요."

캐물으려는 듯 이 수사관처럼 능글맞은 눈웃음을 지은 김 반장이 내게 가까이 다가오고 있을 때, 반대편 옷장에서 '쾅당' 하고 큰 소리가 들려왔다.

그 소리에 대화를 멈춘 우리의 시선은 그쪽으로 쏠렸다.

"그러게 비키지, 뭘 그렇게 멀뚱멀뚱 서 있어?"

20대 초반으로 보이는 덩치가 술을 얼큰하게 마셨는지, 시뻘게진 면상을 구기며 쓰러진 사내에게 윽박지르고 있었다.

"…비켜달라고 하면 되지. 사람을 갑자기 발로 차면 어떡합니까?"

"뭐? 이 새끼가 죽고 싶어 환장을 했나?"

넘어진 중년의 남성은 덩치에게 조심스럽게 말을 꺼냈지만, 오히려 적반하장 격으로 시비를 건 덩치 녀석이 남성의 멱살을 잡고 그를 강제로 일으켰다.

"차 대리, 뭐 하나?"

"예……. 갑니다요. 아뇨, 진짜! 옆 칸에서 벌이든가, 왜 하필 여기냐고! 간만에 포식하나 했더니 운도 지지리도 없네."

차 형사가 짜증이 잔뜩 난 목소리로 덩치에게 말했다.

"어이, 아저씨. 거기까지만 합시다."

"넌 또 뭐야? 아가야, 괜히 그러다 쥐어 터지지 말고 신경

꺼라?"

그렇게 말한 녀석이 뒤에서 자신의 어깨를 건드린 차 형사를 거슬린다는 듯 한 번 쏘아보고는 다시 멱살을 잡고 있는 남성에게 고개를 돌렸다.

"미쳐 버리겠네."

자신의 말을 무시한 채, 옷장으로 남성을 밀치려는 덩치의 모습을 본 차 형사가 하는 수 없다는 듯 머리를 긁적이며 거칠게 덩치 녀석에게서 중년의 남성을 떼어냈다.

"이 씨발놈이 지금 장난하나!"

자신의 얼굴로 날아오는 덩치의 주먹을 가볍게 피한 뒤, 그를 제압한 차 형사가 배지를 보이며 그에게 신분을 밝혔다.

"시초경찰시 강력계 차 형사입니다. 딩신을 폭행죄 현행범으로 체포합니다."

차 형사의 정체를 눈치챈 덩치 녀석이 방금까지의 기세는 어디 갔는지, 고양이 앞의 생쥐처럼 벌벌 떨며 애처롭기까지 한 목소리로 말했다.

"형사님, 제가… 술을 많이 마셔서 잠깐 제정신이 아니었나 봅니다. 한 번만… 한 번만 봐주시면……."

"그러게, 아까 좋은 말로 할 때 그만뒀으면 서로 편했잖아, 이 양반아. 당신은 변호사를 선임할 권리가 있고요……."

한숨을 내쉬며 미란다 원칙을 고한 차 형사가 덩치에게 수갑을 채운 뒤 중년의 남성을 바라봤다.

"선생님, 죄송하지만 증인으로 경찰서까지 잠시 같이 가주셔야 할 것 같습니다."

남성은 순식간에 벌어진 상황에 놀라듯 멍한 눈빛으로 천천히 고개를 끄덕일 뿐이었다.

"저 먼저 가보겠습니다. 그럼 쉬다 오십시오……."

"예, 고생하세요."

"그래, 액땜했다고 생각해라."

축 처진 어깨로 찜질방을 나가는 차 형사를 보던, 김 반장이 갑자기 웃음을 터뜨렸다. 나 역시 이 황당한 상황에 함께 웃을 수밖에 없었다.

"검사님, 이거 정작 오늘 회식의 주인공이 없습니다."

"어쩔 수 없죠. 그나저나 진짜, 이 바닥에서 생활하니까 별일을 다 겪네요."

국자로 감자탕을 뜨던 김 반장이 다시 생각해도 어이가 없다는 듯 고개를 절레절레 흔들었다.

"그러게 말입니다. 저도 이런 일은 처음이네요."

"아, 그래요? 아까 너무 담담하셔서, 몇 번 경험하신 줄 알았는데 의외네요."

"에이, 아무리 제가 형사라고 해도 사건 때문에 출동하는

거면 모를까, 쉬러 왔다가 이런 일을 겪었으려고요. 오랜만에
함께 회식하는 건데, 이제 일 애긴 그만하고 술 한 잔 받으시
죠."

밤새고 나서 곧장 술인가……. 이 인간들은 지치지도 않나.

"예, 그럼 감사히 받겠습니다."

*   *   *

땡동! 땡동!

하……. 미치겠네. 대체 누구야?

잠복근무를 하고 나서 술까지 마신 덕에 울리는 머리를 흔
들며 시계를 보니, 1시가 조금 넘은 시간이었다.

망할 놈들……. 인터폰 화면에 비친 친구들의 모습에 한숨
이 절로 나왔다.

"열어 줄 테니까 제발… 그만 좀 눌러!"

문을 열자마자, 녀석들이 나를 밀치며 쏜살같이 안으로 들
어갔다.

"뭘 하고 있었길래 이렇게 문을 늦게 열어?"

"그러게, 뭘 하고 있었을까?"

뻗친 머리를 가리켰지만, 녀석들은 내 말은 듣지도 않고 자
신의 집인 양 냉장고를 열어 아이스크림과 수박을 꺼내고 있

었다.

이럴거면 뭐 하러 물어봤냐?

"야, 갑자기 집에 처들어와선 지금 뭐 하는 거야?"

순가락으로 수박을 크게 푼 현성이 녀석이 당당하게 외치셨다.

"뭐 하긴, 여행 계획 담당님께서 직무에 태만하시길래 혼 좀 내주려고 왔지!"

"뭐? 고작 그것 때문에 밤새서 일한 사람을 깨운 거라고?"

"헐…… 야, 누가 보면 진짜인 줄 알겠다. 방 안에서 술 냄새가 진동을 하는데 그걸 변명이라고……."

"세나 씨, 진짜예요. 일 끝나고 간단하게 회식한 거거든……. 잠깐만, 그것보다 남의 방엔 왜 마음대로 들어가는 건데?"

"뭐, 우리가 남인가?"

가까운 사이일수록 프라이버시는 지켜주자고 열변을 하신 분께서 뭐가 어쩌고 저째?

"됐다. 휴가 계획이면 다음에 이야기하고, 오늘은 그냥 다들 그거 먹고 가라. 나 좀 더 잘 테니까."

"웃기고 있네. 야, 내일모레면 7월도 끝이야!"

처음 휴가를 갈 때, 아무것도 모르는 녀석들 대신 휴가 계획을 짠 게 이런 결과를 초래할 줄이야.

"하……. 그럼 지훈이 니가 짜든가. 맨날 내가 다 하냐?"

"대신 잔심부름은 우리가 다 해주잖아."

니들이? 운전도 똑같이 나눠서 하고, 필요한 것도 같이 사면서 말이나 못 하면…….

깨질듯한 머리를 부여잡고 좀 도와달라는 눈빛으로 예슬을 쳐다봤지만, 이미 녀석들에게 매수라도 당했는지 그녀는 나를 외면했다.

이 상황에서 시간을 끌어봐야 힘든 건 나뿐이지.

"아휴, 그럼 다들 시간은 좀 되냐?"

사실 아무것도 짜놓은 것은 없었지만, 문득 생각난 것이 있어 녀석들에 물었다.

"웬 시간? 승민아, 이번에도 1박 2일로 가는 거 아니었어?"

당연히 그럴 줄 알았다는 듯 시열이 녀석이 고개를 갸웃거렸다.

"어, 이번엔 좀 다르게 놀아 보고 싶어서."

그 말에 세나가 내심 궁금했는지, 호기심이 가득 찬 눈으로 물었다.

"오, 그래? 농땡이 치는 줄 알았는데, 계획은 짜놨나 봐?"

"그냥 어디로 갈지만 생각해 놓은 것뿐이야."

범죄와 관련이 있는 일이니 녀석들에겐 조금 미안하긴 하지만… 호화로운 여행이 될 테니 나쁜 일은 아닐 테지.

"어디로 가길래 이렇게 뜸을 들이시나?"

"남해로 가자. 가는 김에 요. 트. 도 좀 타고."

"요트? 야, 그거 비싸잖아!?"

얼마나 놀랐으면 현성이 녀석이 입안에 있던 수박을 사방으로 튀기며 의자에서 일어났지만, 다들 내 입이 열리기만을 기다리고 있었다.

"임 검사라고 검찰청 선임이 있는데, 아는 분이 요트클럽을 운영하신다고 하더라고. 휴가 아직 안 갔으면 자기가 말해줄 테니까 싸게 다녀오라더라."

"진짜? 오~ 최승민! 검사되시더니, 아주 날아다니는구만!"

"헛소리 말고, 그러니까 한 2박 3일쯤 비워봐. 남해 쪽으로 한 바퀴 돌고 럭셔리하게 요트나 타고 옵세."

"그럼, 낚시도 할 수 있나?"

시열의 말에 평소라면 한 소리했을 지훈이 녀석이 씨익 웃으며 머리를 헝클어뜨렸다.

"자식아, 우리가 수영하는데 던져서 끌어올리면 죽는다?"

후, 이 정도면 됐겠지.

"자, 그럼 그만 떠드시고 쉬어야 되니까 다들 나가 주시죠."

"오랜만에 봤는데, 너무 매정한 거 아냐? 어차피 내일 일요일이잖아."

"그래, 승민아. 집 구경 좀 하자."

그렇게 집주인을 무시한 채 한참을 온 방 안을 헤집고 다니던 녀석들 중 현성이 내게 물었다.

"최승민, 너 로또라도 당첨됐냐?"

"장난하냐? 그랬으면 검사 때려치우고 외국에 나가서 편하게 살지 이러고 있겠냐?"

"검사 월급이 세 봤자, 공무원인데 거실에 있는 저 접이식 바는 뭐냐? 찻잔이랑 그릇들도 죄다 비싸 보이는데?"

"중고로 싸게 나왔길래 샀어. 겉만 저렇지, 얼마 안 해."

'아무리 봐도 그럴 것 같진 않은데?' 하는 눈빛으로 접이식 바를 다시 바라보던 현성이 녀석이 이내 믿는다는 듯 고개를 끄덕였다.

"그래? 니가 그렇다면 그런 거겠지."

자식, 괜히 미안하게 만드네.

"어. 뭐, 사실 주식으로 돈 좀 만지긴 했어."

"그럼, 그렇지. 에르메즈 말고는 처음 들어보는 이름이긴 해도 중고로 쉽게 구입할 수 있는 물건으론 안 보여."

오히려 에르메즈가 그것들 중엔 제일 싸다고 하면 믿으려나.

"뭐야? 이게 에르메즈야? 그릇도 만드는 줄 몰랐는데?"

현성과의 대화를 듣던 세나 씨께서 이곳에 두기엔 아깝다는 눈초리로 콜라를 따라 마시던 잔을 자세히 보더니 내게로 고개를 돌렸다.

"안 돼."

"뭐가? 아무 말도 안 했는데?"

무슨 말이냐며 태연스러운 척 대답을 하던 세나가 내심 아쉬웠는지 잔을 매만지며 입맛을 다셨다.

"얼굴에 다 쓰여 있거든?"

"그럴 리가, 그냥 예뻐서 본 거야. 너랑 안 어울리지만, 이런 스타일은 괜찮은 것 같아. 고풍스럽고 우아하네."

그렇게 말한 세나가 조용히 혼잣말을 했다.

"내 생일이… 언제였더라?"

썩소를 짓고 있는 날 새침한 눈으로 흘기는 세나의 모습을 보고 있자니, 머리가 아파왔다.

"승민아, 집에 먹을 거 좀 없어?"

아주 연인끼리 쌍으로 지랄을 하시네. 둘이 사귄다고 했을 때 죽자고 말렸어야 했는데…….

"그렇게 처먹어놓고 뭘 더 바라."

"아니, 사람 수가 많아서 얼마 먹지도 못했어."

"그래, 시열아, 말 잘했다. 이걸 누구 코에 붙여. 숨겨 놓은 것 좀 꺼내 와봐."

예, 어련들 하시겠습니까…….

"야, 다들 그러지 말고 승민이 자식 집에 바까지 설치했는데, 간단하게 뭣 좀 사다 먹을까?"

현성이 녀석이 잘됐다는 듯 술을 홀짝이는 제스처를 취하며 말하자, 우리 예슬 님께서 한마디 거드셨다.

"아! 맞다. 칵테일 만든다고 술 사놓은 거 있지 않았나? 어디 있더라?"

"오~ 역시 안주인, 그럼 안주만 사오면 되겠네."

신나게 떠드는 녀석들을 보니, 오늘은 정말 쉬긴 그른 것 같다.

뭐, 이러려고 산 거니 신나게 놀아볼까?

6장

전관예우

집으로 몸소 찾아와 주신 친구들 덕분에 광란의 주말을 보내고 출근을 하자, 또 무슨 일인지 임 선배의 사무실에서 찢어질 듯한 선배의 고함이 들려왔다.

저 양반도 참, 지치지도 않나. 무슨 장날도 아니고 하루걸러 이 난리인지.

남해 일 때문에 지민이한테 물어보려고 했더니, 지금은 때가 아닌가.

나도 이젠 이런 상황에 익숙해졌는지, 예전이었으면 선배를 말리러 들어갔을 사무실을 아무렇지 않게 지나치고 있었다.

하지만 그것도 잠시, 사무실 밖에까지 들리는 고성이 내 발걸음을 멈춰 세웠다.

"야, 임 성운. 너 미쳤냐? 이 새끼가 이제 진짜 뵈는 게 없나?"

"선배, 저라꼬 뭐 공판부에 할 말 없겠습니까? 서로 힘든 부서끼리 이해 좀 하고 넘어가 달라는 거 아닙니까?"

"새끼야, 그것도 정도가 있지! 윤 검사가 일을 이따위로 처리했으니까 그런 거잖아!"

누군지 모를 사내의 큰 외침과 함께 안에서 뭔가가 바닥에 부딪치는 커다란 소리가 들려왔다.

"선배 맘은 잘 알겠는데, 그래도 그런 일이믄 명색이 제가 쟤 훈육인데 저한테 말씀을 하셔야지. 막말로 이제 한 달 좀 넘은 저 핏덩이가 뭘 안다고 윤 검사한테 그랍니까?"

"그렇게 꼬우면 씨발! 이런 말 하러 오지 않게 니가 잘 가르치든가!"

"그래서 제가 인마, 못 가르친 거 인정했잖습니까? 그러니까 애꿎은 아 그만 잡으시고 불만 있으시면 저한테 말하시란 말입니다."

"와… 이 씨발놈이……. 그렇게 자신 있으면 그럼 니가 공판부로 넘긴 걸로 할까?"

"예~ 그라십쇼. 뭐, 더 할 말 남으셨습니까?"

당당한 임 선배의 말을 끝으로 더 이상 큰 소리는 들려오지 않았다.

그리고 잠시 후 '쾅' 하는 소리와 함께 누군가 사무실 문을 거칠게 열며 나왔다. 그 탓에 얼마 떨어지지 않은 곳에 서 있던 난 자리를 피할 새도 없이 얼굴이 벌게진 사내와 곧바로 눈이 마주쳤다.

공판부 수석 검사? 공판부 넘버쓰리가 여기까지 무슨 일로 온 거지?

"안녕하십니까."

서둘러 고개를 숙여 인사를 하자, 평소 임 선배와 친하게 지내는 나를 적대적인 시선으로 바라보던 그가 뭔가 말을 꺼내려다 됐다는 듯 한숨을 내쉬곤 그대로 자리를 떠났다.

그나저나 대체 지민이가 무슨 잘못을 했길래, 강 검사까지 올라온 걸까?

점점 멀어져가는 그를 보며 사색에 잠겨 있을 때, 당사자인 지민의 떨리는 목소리가 들려왔다.

"죄송합니다, 선배님. 저 때문에 괜히……."

아까 바닥과 부딪친 것이 서류철이었는지, 그녀는 흩어져 있는 서류를 줍고 있었다.

"됐다, 치아라. 뭐 대단한 거라고. 그렇게 죄송하믄 앞으로 잘해."

"예……."

문이 열려 있어 내가 보일 텐데, 알아채지 못하는 걸 보면, 다들 그럴 정신이 아닌 모양이었다.

뭐 한 명은 예외인가?

방금 무슨 일이 있었냐는 듯 장난기 가득한 미소를 지은 임 선배가 손가락을 까닥거렸다.

"어이, 최승민이 뭘 그렇게 기웃거리노? 괜히 멀뚱히 서서 눈치 보지 말고 후딱 들어와"

"안녕하세요, 선배. 아침부터 소란스러워서 말릴까 하고 와 봤는데, 제가 끼어들 분위기가 아니던데요. 대체 무슨 일이에요?"

"별거 아냐. 강 선배가 괜히 윤 검사가 실수 좀 한 거 가지고 트집 잡는 기다."

그런 그의 말에 침울해하는 지민을 보면, 단순히 트집을 잡는 것 같지는 않은데?

"그래요. 선배가 그렇다면 그런 거겠죠. 지민아, 괜찮냐?"

"예, 선배. 괜찮아요."

"그래, 실수할 수도 있는 거지. 괜히 신경 쓰지 말고 훌훌 털어버려."

"예……. 감사합니다."

내가 지민을 달래는 모습을 물끄러미 바라보던 선배가 아니꿉다는 말투로 툴툴댔다.

"인마 보게. 니 눈엔 욕 처먹고, 우울해하는 선배는 뵈지도 않나?"

"뭐, 괜찮아 보이시는데요?"

능청스럽게 고개를 갸웃거리며 묻자, 그 모습이 뭐가 그리 웃겼는지 지민이 선배의 눈치를 살피며 웃음을 찾고 있었다.

"캬……. 우리 승민이 많이 컸네~ 밑에 있을 때 인마처럼 고생 좀 시킬 걸 그랬나?"

점프를 뛰어 내 목에 팔을 둘러오는 선배에게 엄살을 떨며 말했다.

"에이, 지민이도 보고 있는데 봐주세요, 선배."

"웃기고 있네. 오늘, 내가 니 다신 기어오르지 못하게 해줄 끼다!"

*　　　　*　　　　*

"안녕하십니까, 검사님."

"예, 안녕하세요. 두 분 다 주말은 잘들 지내셨죠?"

사무실 식구들의 인사에 안부를 물으며 자리에 앉자, 수사관이 궁금한 듯 물었다.

"예. 잘 지냈는데, 오늘 표정이 밝으신 걸 보면 검사님은 더 잘 보낸 것 같습니다?"

"아, 그럴 일이 좀 있어서요."

"좋은 일이면 저도 좀 알 수 있을까요?"

"그냥, 친구들이랑 오랜만에 즐겁게 놀아서요."

잔뜩 기대하던 수사관이 어깨를 축 늘어뜨리며, 실망한 눈으로 고개를 돌렸다.

"그랬습니까……?"

웃고 있던 이유를 말해줄까 했지만, 곧 수사관의 귀에도 들어갈 게 뻔했기에 그냥 넘어가기로 했다.

사람은 오래 사귀고 봐야 한다더니, 임 선배에게 그런 면이 있을 줄이야.

상황이 수습되고 지민에게 생각보다 큰 그녀의 잘못을 듣고 나니, 별일 아닌 것처럼 넘어가던 그가 달라보였다.

뭐, 항상 꼬장을 부리는 모습만 본 탓에 더욱더 신선하게 느껴지는 걸지도.

똑똑.

흐뭇하게 웃고 있을 때, 오늘 업무의 시작을 알리듯 누군가 사무실 문을 두드렸다.

"안녕하십니까. 여기가 최승민 검사 사무실 맞습니까?"

나이가 지긋이 들어 보이는 남성의 물음에 윤정 씨가 자리에서 일어나 그를 응대했다.

"예, 맞습니다. 무슨 일로 찾아오셨나요?"

잠시 그와 대화를 나누던 윤정 씨가 낯빛이 새하얗게 변해 갔다.

음? 대체 누구길래, 윤정 씨의 포커페이스가 무너졌을까?

부담스러워하며 내 눈치를 살피는 그녀의 모습에 서둘러 남성에게 다가갔다.

"안녕하십니까. 서울중앙지검 형사 3부 검사 최승민입니다."

"아, 자네가 최 검사인가?"

음? 뭐지? 남자는 사람 좋은 미소를 지으며 반갑게 손을 내밀어왔지만, 다짜고짜 하대를 해오는 상대의 모습에 알 수 없는 불길함을 느꼈다.

"예, 맞습니다. 근데 누구시길래, 저를 알고 계신지 여쭤 봐도 되겠습니까?"

"이런~ 이런~ 이거 내 소개가 늦었구만! 황수근이라고 하네. 오랜만에 이렇게 후배를 보니, 반갑구만."

"혹시, 다른 지검에서 일하시고 계십니까?"

나름대로 짐작 가는 바를 물었지만, 그는 너털웃음을 터뜨리며 손사래를 쳤다.

"아니야, 아니야. 작년까지 여기서 차장검사로 근무하다가 은퇴하고, 이젠 소일거리로 근처에서 변호사를 하고 있네."

"아, 그러셨습니까. 근데 여기까진 무슨 일로……?"

"사실은 그게, 내가 이번에 사건을 하나 맡게 되었는데……. 허험… 자네가 그 사건을 담당하고 있다고 하던데?"

전. 관. 예. 우라, 이거 내가 너무 순진했구만……. 하기사, 이런 일이 아니면 그가 나를 찾아올 이유가 없지.

상황을 깨닫고 나자, 방금 전까지 인자해 보이던 그의 미소가 섬뜩하게만 느껴졌다.

"그러셨군요. 걱정하지 마십시오. 같은 지검에서 근무를 하셨던 선배님께 제가 누를 끼칠 수는 없죠. 안심하셔도 됩니다, 선배님."

"이거, 젊은 사람답지 않게 말이 통하는구만!"

내 말에 그는 만면에 미소를 띠고는 고급스러운 검은 가죽 가방마저 내려놓은 채, 잡은 내 손을 흔들고 있었다.

"당연히 그래야 하는걸요."

"하, 그래. 자네 부장검사가 이중석이었나?"

"예, 맞습니다."

"나랑 친분이 꽤 있는 친구니, 내 이번 일만 잘 끝나면 잘 이야기해 주겠네."

"감사합니다, 선배님."

허리를 90도를 숙이며 예의를 갖추자, 그가 괜찮다는 듯 나를 일으키며 어깨를 토닥여왔다.

"어이구, 이럴 필요까진 없네. 오는 게 있으면 가는 게 있어야지. 그럼 자네만 믿고 가보겠네."

내 행동에 씨익 웃은 그는 만족스럽다는 듯 손을 흔들며 사무실을 나서다, 뭔가 잊은 게 있는지 다시 뒤를 돌아봤다.

"내 정신 좀 봐. 깜박할 뻔했구만. 일 끝나면 식사나 한번 합세."

"예, 그럼 그때 뵙겠습니다. 선배님. 살펴 들어가십시오."

황수근이라고 자신을 소개한 남자가 떠난 사무실엔 냉기가 감돌았다.

"하……. 저 양반은 안 그럴 줄 알았는데……."

고개를 숙인 수사관이 혀를 끌끌 차며 실망했다는 듯 한마디 던졌다.

하지만 아무래도 그가 겨냥한 것은 황수근이 아니라, 나인 것 같다.

싸늘한 얼굴로 자리로 돌아가는 윤정 씨의 구두 소리가 그것을 알려주고 있었다.

"황수근이 담당하는 사건이 공철민이라고 했던가. 여기 있구만. 검사님, 그럼 이 사건은 그냥 빼놓겠습니다."

이 수사관이 언제나처럼 실실 웃으며 서류를 흔들고 있었지만, 책상에 놓여 있는 그의 주먹은 금방이라도 터질 것처럼 보였다.

"아니요, 그 사건부터 먼저 처리하죠."

"예? 그게 무슨 말씀이신지⋯⋯."

예상치 못한 말을 들은 수사관의 눈동자가 놀란 토끼처럼 커지고 있었다.

"뭘 그리 놀래요. 설마 아직도 제 성격 모르는 겁니까?"

"이거, 이러실 줄은 생각도 못했는데, 제가 한 방 먹었습니다. 근데 검사님, 정말 괜찮으시겠습니까?"

아이러니하게도 방금 전만 해도 실망한 기색이 역력했던 그가 이젠 나를 걱정해 온다.

"예, 처음부터 그러려고 했던 거니, 수사관님은 걱정하지 말고 진행해 주세요."

"검사님, 근데 이럴 거면 차라리 아까 거절을 하는 편이 낫지 않았을까요?"

"저도 그럴까 했는데, 혹시나 잘못되면 제가 이 사건을 맡지 못하게 될 수도 있을 것 같아서요."

잠시 생각하던 수사관은 이내 미간을 찌푸리더니, 무슨 말인지 알겠다는 듯 고개를 끄덕였다.

"그렇군요⋯⋯."

뭐, 지금까지 봐온 부장님께서 그럴 가능성은 적었지만, 내가 이 나이 먹으면서 깨달은 건 언제나 최악의 상황에 대비해야 한다는 거다.

"그래서 말인데 제가 직접 나서긴 어려우니, 이번 사건은 수사관님께서 고생을 좀 해주셔야겠습니다."

아무렇지 않은 척 그에게 말을 하려고 했지만, 이 빌어먹을 현실에 나도 모르게 쓴웃음을 짓고 말았다.

"그건 염려 마십시오. 그리고 언제는 저 없이 사건이 해결 됐나요?"

"어라? 그랬었나요?"

"에이~ 검사님, 정말 왜 이러십니까!"

침까지 튀겨가며 자신의 유능함에 대해 열변을 토하는 수사관을 보던 윤정 씨가 시크하게 말했다.

"흥, 수사관님만 안 계셨어도 사건 해결이 두 배는 빨라졌을걸요?"

이거, 윤정 씨가 농담을 할 정도로 내 표정이 별로였나……?

"그랬으면 야근할 일도 없었을 텐데~ 이거 어쩌나 제가 있어서 아쉽겠습니다?"

"그렇죠, 뭐……. 아시니 다행이네요."

수사관 역시 기분이 상할 만도 한 상황이었지만 능글맞게 그녀를 대하는 걸 보면, 그 역시 윤정 씨가 농담을 한 것이 그저 신기한 모양이다.

"자자, 그만들 하시고, 이번 사건은 대외적으론 전관예우를 하는 식으로 말을 할 테니, 두 분도 그렇게 알고 계세요."

*　　　*　　　*

젠장. 전직 검사가 무슨 대단한 벼슬이라고…….

검찰청을 방문한 황수근 일행이 자신의 집인 양 편안하게 심문을 받고 있는 모습을 보니 배알이 꼬여왔다.

"공철민 씨, 말씀 잘 들었습니다. 이렇게 수사에 협조해 주셔서 감사합니다."

"아니요, 제가 뭘요. 그냥 있는 그대로 말씀드린 건데요."

질문 내용과는 다르게 화기애애한 분위기 속에 진행된 취조에 녀석은 이미 무죄를 받은 것처럼 미소를 짓고 있었다.

"그럼, 이제 가봐도 되는 겁니까?"

황수근이 어차피 구색만 갖추면 되는 건데 대충 이 정도면 되지 않았냐는 얼굴로 물어왔다.

"예, 저희 쪽에서 할 질문은 다 했으니, 이만 가보셔도 됩니다."

배웅을 위해 나온 내게 인상을 찌푸리는 걸 보면, 아무래도 그는 오늘 취조 내용이 약간 언짢은 모양이었다.

"오늘 오시느라 고생 많으셨습니다."

"이 사람아, 아무리 그래도 너무 오래 걸리는 거 아닌가?"

"선배님, 나중에 말 나오지 않으려면, 이 정도는 해야 하지 않겠습니까?"

송구스러운 척, 머리를 긁적이는 것을 본 놈은 자신에게 쩔쩔매는 내 모습이 만족스러운지 금세 미소를 지으며 나를 달랬다.

"그랬나? 이거 내가 자네 마음도 모르고 괜한 말을 한 모양이구만. 허허, 이거 미안허이."

"아닙니다. 괜찮습니다."

"그리고 앞으로 자주 보게 될 텐데, 그렇게 너무 어려워 말고 편하게 대하게."

"제가 어떻게 그러겠습니까? 말씀만으로 감사합니다."

"이 사람도 참, 괜찮다니까 그래. 아무튼 자네만 믿네. 그럼 법정에서 봄세."

"예. 살펴 가십시오, 선배님."

마음에도 없는 말을 하려니, 온몸에 구더기가 기어가는 느낌이었다.

그런 내 심정을 이해한다는 듯 옆에서 같이 배웅을 하던 수사관이 황수근의 차가 사라지자, 재수가 없다는 듯 바닥에 침을 뱉었다.

"검사님, 잘 참으셨습니다. 소싯적엔 서울중앙지검 호랑이 검사라고 소문이 났던 양반인데, 이제 보니 여우 새끼였네요."

"별수 없죠. 세월에 장사 있나요?"

"그런 말씀 마시죠. 나중에 검사님께서도 저러실까 겁납니다."

"에이~ 설마요. 쓸데없는 이야기 그만하고 할 일도 많은데, 이만 들어가죠."

"어어? 검사님! 말씀을 하시다 말고 왜 말을 돌리십니까?"

사무실로 향하는 내내 수사관은 농담 반 진담 반으로 계속 물어왔다.

"이제 그만 좀 하세요. 다 아시면서 뭘 그렇게 묻습니까?"

"말씀을 해주셔야 알죠. 제가 검사님 마음을 어떻게 알겠습니까?"

"그럴 일 없을 겁니다."

"에이, 너무 정직하게 대답하시면 재미없지 않습니까?"

내 말에 능글맞게 웃고 있던 그의 눈빛이 한순간 진지해졌다고 느꼈던 것은 내 착각일까?

"하…… . 윤정 씨도 그렇고, 검사님도 그렇고, 유머 감각이 너무 없으시네요…….."

김샜다는 듯 어깨를 축 늘어뜨린 채 걸어가는 그를 보면, 아무래도 착각이 맞는 듯싶다.

*　　　　*　　　　*

후······. 이거 고역이구만. 만나는 사람들마다, 죄다 그 이야기뿐인가?

엘리베이터에서 내린 홍 검사와 불편한 대화를 마치고, 1층으로 가기 위해 발을 내딛는 순간, 뒤에서 중저음의 목소리가 들려왔다.

"어이, 최 검사."

"아······. 안녕하세요, 선배님."

인사를 받은 서울지검 에이스 김 검사가 다가와 어깨를 두들겼다.

"너도 내려가는 거지?"

"예, 선배님."

"그럼 같이 가자."

말끔한 얼굴을 더욱 매력적이게 보이게 만드는 그의 미소를 보고 있자니, 인생 참 불공평하단 생각이 든다.

"아, 맞다. 이번에 황 선배님 사건 맡았다며?"

역시나 화제는 또다시 그쪽으로 향하는 건가.

"예, 어쩌다 보니 그렇게 됐네요."

"근데 무슨 사건이야?"

"그게 어린놈이 술집에서 술 먹고 깽판을 좀 친 모양인데, 피해자가 꽤 다쳐서 상해죄 아니면, 폭행 치상죄예요."

"어이구~ 합의가 물 건너갔으니 전직 검사 쓰시겠다? 뉘

집 자식인진 몰라도 돈깨나 있는 집안인가 보네."

"예, 저도 궁금해서 한번 조사해 보니, 생각보다 더 대단한 집안 자제분이더라고요."

"그래? 누군데?"

"현직 국회의원 공성준 씨 장남이던데요."

여당의 실세 중 한 명인 공성준이 거론되자, 그가 눈썹을 꿈틀댔다.

"진짜? 이거 그 양반도 자식 농사 제대로 망쳤구만, 망나니 놈 때문에 너도 참… 고생이 많다."

그렇게 말한 김 검사가 내가 들고 있는 공철민 사건 파일철을 가리켰다.

"정 뭐하면 나한테 말해. 부장님께 말해서 내가 맡는다고 할 테니까."

대신 일을 해주겠다는 말을 하는 사람이 또 있을 줄이야. 뭐, 전혀 스타일은 다르지만.

"아닙니다. 이것도 다 경험이라고 생각해야죠."

팅.

말을 끝마쳤을 때, 엘리베이터가 타이밍 좋게 1층에 도착했다.

"그래, 뭐 같겠지만……. 이 바닥에서 생활하다 보면, 한 번쯤은 경험할 수밖에 없는 일이니, 똥 밟았다고 생각하고 지나가."

"그래야죠. 걱정해 주셔서 감사합니다."

"이런 조언밖에 못 해주는 못난 선배한테 감사는 무슨. 사건 끝나면 술이나 한잔 사줄 테니까, 한번 들러."

"예. 그럼 먼저 내리겠습니다."

임 선배의 동기인 김 검사와 이야기를 나눈 탓인지, 며칠 전 황수근이 다녀갔다는 소식을 전해 들은 임 선배가 윤 검사와 함께 사무실로 들이닥쳤던 일이 떠올랐다.

그때, 임 선배의 표정이 가관이었지…….

벌컥.

"승민아!"

'혹시 들은 건 아니겠지?'

그 당시, 갑자기 들이닥쳤던 둘을 보며 혹시나 방금 사무실 식구들과 나눈 대화를 들은 것은 아닌지 걱정을 했었다.

"깜짝이야……. 선배? 놀랐잖아요."

"너 괜안나?"

오히려 나를 걱정하던 선배의 모습에 그건 기우였다는 걸 깨닫고 속으로 안도의 한숨을 내쉬었다.

"예? 갑자기 들어오셔서, 그게 무슨 말씀이세요?"

"황수근 그 양반, 너 보러 왔다며?"

"선배가 그걸 어떻게 아셨어요?"

그가 방을 나선 지 10분도 채 안 된 상황이었는데, 그 사실을 선배가 어떻게 알았을까? 하는 생각을 하고 있을 때 선배가 말했었다.

"복도에서 만났다. 이게 아니지⋯⋯. 인마, 지금 그게 중요하나! 그 양반이 너한테 뭔 소리 했노?"

이를 갈며 물은 걸 보면, 그는 우리가 나눴을 대화를 이미 예상을 하고 있었을 것이다.

"사건, 잘 부탁한다고 하시던데요?"

"그래서? 니는 뭐라꼬 했는데?"

"선배는 참, 뭘 뭐라고 해요. 당연히 그런다고 했죠."

"씨발⋯⋯. 이제 1년차인 놈한테 선배라는 인간이 그게 할 말이가? 그라고 니도 사내새끼가 쪽팔리지도 않나!"

"어쩌겠어요. 그게 불문율이잖아요."

"뭐⋯ 뭐? 여태껏 내가 니를 잘못 본 기가? 말해봐라!"

지민이 흥분한 임 선배를 말리며 말했었다.

"선배님, 최 선배도 고심하다가 결정했겠죠. 사실 어쩔 수 없잖아요⋯⋯."

그러나 그 말을 하는 지민의 눈동자는 나를 외면하고 있었다.

어쩔 수 없는 현실이란 걸 알았지만, 한편으론 내가 거부하길 기대하고 있었던 걸까?

"그래, 됐다. 하……. 최승민, 긴말 안 해. 그 사건 내한테 넘기라."

이때 난 임 선배가 검찰 내부에서 찍힌 진짜 이유를 알 수 있었다.

이 인간은 내 생각보다도 더 올곧았다. 하지만 조직은 그런 인간을 좋아하지 않는다.

"불문율? 누가 정했는지는 몰라도 내가 그딴 거 없다는 거 보여 주께."

결국 그날 이 불도저 같은 인간을 설득하는 데 꽤 오랜 시간이 걸렸었지. 그 덕에 이젠 인사를 해도 무시를 당하는 신세가 돼버렸으니 그걸 설득이라고 하긴 조금 그런가?

"최승민, 니 어디 가서 임성운이 밑에서 배웠다는 소리하지 마라."

"임 선배……."

"지랄. 선배라고 하지 마라. 역겹다, 자식아."

더 이상 듣기 싫다는 듯 고개를 팩 돌린 선배가 문을 열고 나가자, 지민이 역시 잠깐 눈치를 보다 꾸벅 고개를 숙여 인사를 하고는 방을 나섰었다.

"와, 임 검사님. 그냥 괴팍하신 분인 줄 알았는데, 조금은 달라 보이는데요?"

그땐, '도긴개긴인 양반이 뭐가 어쩌고 저째?'라는 마음이

강했지만, 지금 생각해 보면 이것도 모두 사정을 다 알고 있는 수사관의 내 기분을 풀어주기 위한 농담이었을 것이다.

"임 선배가 평소엔 조금 욱하는 면이 있어서 그렇지, 성정이 나쁜 사람은 아니니까요."

"예, 그렇죠. 근데 괜찮으십니까? 그냥 두 분껜 말씀드리는 게 낫지 않을까요?"

"그랬다간 임 선배 성격에 직접 일을 처리하거나, 자기가 시켰다고 소문낼 양반이에요."

"이거, 이거……. 임 검사님, 오해를 풀어드리기 위해서라도 빨리 움직여야 할 것 같은데요."

"예, 그래야죠."

그러고 나서… 툭! 옆구리에 느껴지는 강한 통증에 상념에서 벗어났다.

"아… 선배, 유치하게 왜 이러십니까?"

"미안, 거기 서 있었나? 못 봤네?"

나를 밀치며 검찰청 문을 열고 밖으로 나가는 선배의 모습이 떼를 쓰는 어린아이 같았다.

임 선배의 다른 모습들을 보게 된 것은 좋았지만, 이런 일은 사양하고 싶은데…….

할 수 없지. 수사관의 말대로 하루빨리 사건을 마무리 짓는 수밖에.

심호흡을 한 번 내쉰 후, 오늘 열릴 공판을 위해 검찰청을 나섰다.

자, 그럼 시작해 볼까?

*　　　　*　　　　*

"존경하는 재판장님, 핸드폰으로 촬영된 피고 공철민의 사건 당시 영상을 보시면 아시겠지만, 공철민은 이미 피해자가 저항을 할 수 없는 상황임에도 불구하고, 테이블 위에 놓인 술병으로 내려쳤습니다. 이것은 피고 측이 주장하는 것과는 달리 피고 공철민이 명백한 상해의 고의를 가지고 있었다는 것을 보여주고 있습니다."

재판이 진행될수록 공철민의 재판이 예상치 못한 방향으로 흘러가는 것을 느낀 황수근의 표정이 굳어져갔다.

그런 눈으로 쳐다봐도 달라지는 건 없어, 이 양반아.

"이번 일은 죄송하게 됐습니다. 본의 아니게 선배님을 속이게 되었네요."

"지금 사람을 이렇게 바보로 만들어 놓고 그게 할 말인가! 어!? 자네는 안 그럴 것 같아? 머리도 좋은 사람이 왜 이리 멍청하게 굴어?"

"아마도 제가 그런 더러운 돈을 받을 일은 없을 겁니다."

"돈 앞에선 장사 없는 법일세, 이 사람아."

내 말에 실소를 한 그가 고개를 설레설레 흔들었다.

"지금이야 열정이 넘치겠지…… 겪어보면 알겠지만, 그렇게 열심히 해봐야 남는 건 아무것도 없어. 내 장담하지, 자네도 결국 나처럼 될 거야."

글쎄? 돈 앞에서 장사 없다는 건 맞는 말이긴 한데, 이거 미안해서 어쩌나.

언제나 예외는 있는 법이라고, 친구.

"선배님, 고견은 잘 들었습니다. 그럼 이제 사건도 얼추 기울어진 것 같은데, 전에 못 한 식사라도 하시겠습니까?"

"뭐, 뭐……?"

"정 뭐하시면, 제가 대접하겠습니다."

새파랗게 어린 후배에게 이런 대접을 받는 것이 어지간히 분한지, 한동안 말문을 열지 못하던 그가 붉게 달아오른 얼굴로 소리쳤다.

"자네! 말이 지나치구만…… 이러고도 이 바닥에서 지낼 수 있을 것 같은가?"

"그렇게 말씀하지 않으셔도 조용히 지나갈 수 없다는 것 정도는 저도 알고 있습니다."

"그걸 아는 사람이 이런 짓을 해! 이럴 거면 처음부터 못하겠다고 말을 했어야지!"

"왜 이러십니까. 피차 다 아는 사람들끼리. 제가 거절을 했다면 이 사건은 제 손에서 떠났을 겁니다. 그리고 그것과는 별개로 저는 전관예우를 거절했다는 소문이 돌았을 테니 지금과 별반 다를 일도 없을 것 같은데요."

"그래도 지금보다는 나았을 걸세. 자넨 나뿐만이 아니라, 공 의원까지 건들고 말았어. 곧 깨닫게 될 걸세, 자네가 누굴 건든 것인지."

그렇게 말한 그는 할 말을 다 했다는 듯 조금의 미련도 없이 떠나갔다.

"갈려면 곱게 가든가, 괜히 불안해지게 그런 말은 왜 하는 거야?"

공성준이라…….

"뭐, 아직 일어나지도 않은 일로 쫄 필요는 없지. 그런 것보단 이 일로 부장님께 얼마나 깨질지가 관건 아니겠어?"

점점 멀어져가는 황수근의 뒷모습을 뒤로한 채, 검찰청으로 돌아갔다.

정당한 일을 해놓고 걱정을 해야 되다니, 세상 살기 참 힘드네.

아니나 다를까, 황수근이 무슨 말을 했는지, 사무실에 들어서자마자 수사관의 다급한 목소리가 들려왔다.

"검사님! 큰일 났습니다! 부장님께서… 그러니까……."

"수사관님, 진정하시고 차근차근 말씀해 보세요."

언제나 태평하던 수사관이 안절부절못하는 모습이 낯설게 느껴진다.

"부장님께서 검사님 오시면 바로 찾아오라고 하신 이 마당에 지금 진정하게 생겼습니까?"

"그래요? 부장님께서 저를 찾으셨다고요?"

"어라? 지금 이 타이밍은 검사님께서 놀라실 때인데요, 검사님?"

수사관은 태연한 내 반응이 의아한 듯 연신 고개를 갸웃거렸다.

"아쉽게도 지금은 제가 곧바로 사무실을 나설 타이밍인 듯 싶네요."

"혹시 이럴 줄 예상하고 계셨습니까?"

"예. 황수근 그 양반이 당하고만 있을 사람이라고는 생각도 안 했어요. 이거 막상 닥치니 오히려 너무 뻔해서 별 감흥이 없네요."

"검사님, 원래 클래식한 게 더 무서운 법이에요. 사안이 사안이라 징계는 없겠지만, 잘못되면……."

좌천이란 소리겠지.

"별일 없을 겁니다. 윤정 씨, 너무 걱정 마세요. 그럼 두 분 다녀와서 마저 이야기하죠."

이거 최악의 상황까지 염두에 둬야 하나…….

단단히 마음먹었지만, 마음과는 다르게 부장검사실 문고리를 잡은 채 차마 들어가지 못하고 있었다.

철컥.

"안녕하세요, 미선 씨."

"예, 안녕하세요."

"이거 오랜만에 뵙네요. 부장님께선 안에 계신가요?"

안쪽 문을 가리키며 묻자, 그녀가 바로 고개를 끄덕였다.

"예, 부장님께서 오시면 바로 들여보내시라고 하셨어요."

"그래요? 그럼……."

노크를 하고 안으로 들어가자, 예상외로 부장님은 평소와 같은 얼굴로 서류에 결재를 하고 있었다.

"안녕하십니까, 부장님. 찾으셨다고 들었습니다."

"그랬지. 그렇게 멍하니 서 있지 말고 이쪽으로 와."

부장님이 앉아 있는 책상으로 다가가자 그가 긴장한 탓에 경직된 내 얼굴을 유심히 살폈다.

"쯧쯧, 이런 배짱으로 어떻게 그런 짓을 했는지 모르겠구만."

"죄송합니다, 부장님."

"됐어. 자네가 사과할 일은 아니지."

황수근이 무슨 말을 했는지는 모르겠지만, 말을 하던 부장님께선 그 기억이 떠올랐는지 인상을 찌푸린 후에야 말을 이어나갔다.

"에휴… 이 사람아, 그런 일이 있었으면 내게 보고를 했어야지. 아무리 선배라지만, 자네도 이제 임 검사에 대해서 알 만큼 알 텐데, 그렇게 덥석 임 검사 말을 따르면 쓰나?"

임 선배 말을 따랐다니, 대체 이건 또 무슨 말이야?

"아무튼 지휘 체계를 무시하고 일을 벌인 걸 봐주는 건 이번 한 번뿐이야. 명심하도록 해. 또다시 내게 말도 없이 이러면 그땐 정말 각오하는 게 좋을 거야."

"예… 알겠습니다."

"그럼, 이만 가봐."

뭐지? 아무 상관도 없는 임 선배가 갑자기 왜 튀어나와……?

하지만 화가 잔뜩 나 보이는 부장님께 물어보는 것은 좋지 않을 것 같았기에 조용히 방을 나섰다.

"미선 씨, 혹시 저 오기 전에 임성운 검사님 왔다 갔나요?"

"예, 아까 다녀가셨어요. 근데 무슨 일 때문인지 몰라도 부장님께 대판 깨지시던데요?"

이 양반이 자기 앞가림도 제대로 못 하면서…….

"임 선배……."

감정이 주체되지 않아 한껏 떨리는 내 목소리를 들은 그는 태연하게 의자를 뒤로 젖히며 씨익 웃었다.

"왜? 뭔데? 자식아, 그렇게 답답하게 서 있지만 말고 사람을 불렀으면 말을 해라."

"제가 이럴 거라는 거 대체 어떻게 아셨어요?"

"아… 그거 때문에 그러나?"

주변을 한 번 둘러본 그는 하는 수 없다는 듯 자리에서 일어났다.

"길어질 것 같은데, 여기서 이러지 말고 나가서 얘기하자."

내 곁으로 다가오는 선배의 뒤에서 그냥 넘어가 달라고 말하는 것 같은 하 수사관과 지민의 표정을 보니, 그들은 내막을 알고 있는 것 같았다.

"뭐 하노? 따라온나."

선배의 입에서 뿜어져 나온 담배 연기가 하늘로 사라져 갔다.

후련하다는 듯 물끄러미 그것을 바라보던 선배가 내게 물었다.

"후……. 오늘따라 인마도 잘 빨리네. 승민아, 니도 하나 피울래?"

말없이 고개를 젓자, 그는 피우던 담배를 바닥에 던지며 말했다.

"인상 좀 펴라~ 자식아. 누군 지금 기분 좋은 줄 아나? 나부터 좀 물어보자. 결국 이럴 끼면서 대체 왜 그런 거짓말을 했노?"

"왜겠어요? 선배가 이럴까 봐 그랬죠……."

"지랄하네! 신입 주제에 까불기는……. 나도 니노마가 이럴 줄 알았다. 그래서 그런 기다."

"선배, 지금 장난할 기분 아니거든요? 공판장 갈 때까지만 해도 사람 옆구리를 그렇게 세게 치고 가신 분이 알기는 뭘 알아요……."

"아~ 참말로 자식 멋있게 끝내려고 했더니, 드럽게 분위기 안 맞춰 주네. 그냥 봤다."

"예? 보긴 뭘 봐요?"

"뭘 보기는 니 공판하는 거 봤다고."

"이젠 꼴도 보기 싫다더니, 용케도 오셨네요."

"오늘 아침에 이 수사관이 가보라던데? 뭐, 수사관 말대로 참말로 기가 막히게 재밌더라고."

수사관, 이 망할 인간. 이래놓고 아까는 그렇게 당황한 척했던 건가?

"그래서 내가 관람료 좀 쪼까 낸 기라."

"괜한 짓을 하셨네요."

"승민아, 됐다. 그만하자. 다 끝난 걸로 너랑 싸우기 싫다. 니도 알잖아."

"알기는 뭘 알아요……."

"인마, 선배한테 화내는 거 보소? 쪽팔려서 말은 안 했지만, 이미 난 갈 데까지 갔어. 여기서 더 사고 쳐도 이젠 그냥 그러려니 하는 놈이야."

"그러니까 더욱 조심하셔야죠. 선배가 안 나섰어도 제가 알아서 했을 일이에요."

"니가? 어떻게? 이 바닥 니 생각보다 더 더러워. 나 보면 모르겠나? 한 번 찍히면 끝인 기다. 승민아, 너라도 높이 올라가라."

얼씨구, 보자 보자 하니까 이제 서른을 조금 넘긴 놈이 인생을 알면 얼마나 안다고 아주 신파극을 찍고 앉아 있네.

"선배, 결국 될 놈은 돼요. 그러니까 남 걱정하지 말고 이제 몸 좀 사려요."

"얀마, 사람 말하는데 어디 가노? 일로 안 오나?"

"그럼 먼저 내려갑니다. 그리고 영화 좀 그만 보세요. 진짜 못 들어주겠네……."

"뭐! 뭐라꼬!"

뭐, 동료가 나를 위해 준다는 게 이런 건가?

과거엔 누구 하나 이런 적이 없었는데, 어쩌면 난 생각과는 달리 그런 그의 모습이 부담되어 서둘러 자리를 피했던 걸지도 모르겠다.

7장

현성과 불청객

하, 이제 딱 일주일 남았나? 시간은 뭐 이리 빠른지, 어느새 친구들과 여행을 갈 날짜가 다가오고 있었다. 이러다 여름이 다 가겠다는 친구들의 재촉이 떠올라 손은 어느새 핸드폰으로 향했다.

띠리리— 띠리리—

컬러링을 지정 안 하는 건 나뿐이라고 생각했는데, 나처럼 무딘 이가 또 있을 줄이야.

—여보세요~

"여보세요. 주말에 미안해. 물어볼 게 조금 있어서 그런데 지금 통화 가능하니?"

주말에 선배에게 걸려온 전화를 받는데도 수화기 너머로 들려오는 목소리는 밝기만 했다.

─응, 선배. 무슨 일인데?

아무리 친해졌다고 해도 이렇게 뜬금없이 반말을 할 줄은 몰랐는데?

"뭐… 라고?"

혹시나 잘못 들은 것은 아닌지, 다시 한 번 물었지만 들려오는 대답은 같았다.

─뭐야? 선배, 벌써 귀도 먹은 거야?

황당한 상황에 핸드폰에 떠 있는 번호를 확인해 봤지만, 그녀의 번호가 맞았다.

설마, 그새 번호를 바꾼 건가?

"죄송한데, 윤지민 씨 핸드폰 맞죠?"

─어~ 어? 진짜 왜이래! 이거 수상한데? 대학교 다닐 때부터 지민이한테 관심 보이더니 오랜만에 통화한 건가 봐?

그런 건가…… 남의 핸드폰으로 이럴 정도면, 누군진 몰라도 개성이 넘치시네.

"아, 이제 보니 지민 씨 지인이신가 보네요. 처음 뵙겠습니다. 윤지민 씨와 같은 부서에서 일하고 있는 최승민이라고 합니다."

―어머? 죄송해요~ 이걸 어떡해~ 잠시만요~ 제가 금방 지민이 바꿔드릴게요.

전혀 미안해하는 목소리가 아닌 것 같은데?

역시나 내 예감은 틀리지 않았다.

―야! 너 미쳤어?

―얘는, 승민 선배라고 뜨길래 당연히 이승민 선배인 줄 알았지!

―너 때문에 진짜 미치겠다…… . 몰라, 얼른 핸드폰이나 내놔. 여보세요, 선배님, 정말 죄송해요.

"아니야, 나름 신선했어. 재밌었다고 전해줘."

―예…… . 근데 무슨 일로?

"그게, 너 저번에 ○○○요트클럽에서 수상한 짓을 하는 거 같다는 첩보를 들었다고 했잖아. 그거 자세히 좀 알 수 있을까 해서."

―응? 선배, 갑자기 그건 왜요?

"별건 아니고, 이번에 남해 쪽 갈 일이 있어서, 가는 김에 알아봐 줄까 했지."

―아… 다음 주에 휴가 쓰신다더니 남해로 가시나 봐요.

"어, 어쩌다 보니 그렇게 됐어."

―그런 거면 그냥 편히 쉬다 오세요. 저희 관할도 아닌데, 괜히 저 때문에 그러실 필요 없어요.

흠… 요새 만날 때마다 그 이야기만 꺼냈던 것치곤 반응이 묘하게 미적지근한데?

"그래? 알았어. 그럼 그렇게 하지, 뭐. 주말에 괜히 미안하다. 친구랑 잘 놀고."

―아니에요, 선배. 마음 써주셔서……

―뭐야? 윤지민 씨, 도와준다고… 읍… 읍…….

음? 지금 '퍽' 하는 소리가 들린 것 같은데……?

"저기, 지민아……?"

―선배, 여행 준비하시려면 바쁘실 테니 먼저 끊을게요.

뚝.

미처 말을 꺼내기도 전에 핸드폰 액정엔 통화 종료라는 문구가 떠올라 있었다.

"이거야 원… 우리 후배님이 내 생각보다 훨씬 유쾌하게 사시는 것 같구만."

그럼 이제, 여행 가서 즐길 일만 남은 건가?

갑작스럽게 통화가 끝난 탓에 뻘쭘하게 들고 있던 핸드폰을 탁자에 내려놓으며 그렇게 위로를 해봤지만, 나름 친해졌다고 생각했던 지민의 칼 같은 거절이 내심 서운하긴 했다.

"똥 마려운 강아지처럼 물어볼 때는 언제고 이제 와서… 됐다. 나이 먹으면 오지랖만 는다더니, 내가 딱 그 짝이구만. 지민이 나름대로 뭔가 말 못 할 사정이 있겠지."

남 개인사에 끼어들 시간에 여행 준비나 합시다, 최승민 씨. 머릿속에 떠오르는 잡념들을 지우며, 잠시 쉬기 위해 고단한 몸을 소파에 맡긴 채 탁자에 발을 올렸다.

드르륵… 드르륵…….

한참 단잠을 자고 있을 때, 발끝에서 기분 나쁜 느낌이 들었다. 확인을 위해 잘 떠지지 않는 눈꺼풀을 들어 올리자, 핸드폰이 마치 일어나라고 말하는 것처럼 발 옆에서 요란스럽게 몸을 떨고 있었다.

누구지? 주말에 일은 사양인데……. 검찰 관계자일 바엔 차라리 보이스 피싱이길 바라며 핸드폰에 손을 뻗었다.

"휴……."

액정에 떠오른, 이젠 어느새 10년을 넘게 사귄 친구 녀석의 이름을 보자 나도 모르게 안도의 한숨이 새어 나왔다.

"여보세요."

―뭐야? 최승민, 너 목소리가 왜 그래? 혹시 어디 아프냐?

잠긴 목으로 전화를 받자마자 현성이 녀석의 걱정스러운 목소리가 들려왔다.

"아니야, 자다 깨서 그래."

―그래?

"어. 근데 왜?"

―아, 그게… 아… 씨……

평소에 시원스러웠던 현성은 어디 갔는지, 시열이 녀석처럼 쉽사리 입을 열지 못했다.

"뭐야? 한현성, 너답지 않게 왜 그래? 설마 너 무슨 사고라도 쳤냐?"

이놈이 광현이 자식도 아니니 그럴 일은 없겠지만, 왠지 이상하게 느낌이 좋지 않았다.

―이 새끼가 사람을 뭐로 보고. 미쳤냐? 그런 거 아냐.

"그럼 뭔데 말을 못 해?"

―후, 그게… 아무래도 이번에 나 여행 못 갈 것 같아.

지민이도 그렇고 이 녀석까지 오늘 무슨 마가 끼었나?

"뜬금없이 그게 무슨 소리야? 인마, 알아듣게 말해. 갑자기 네가 왜 못 가? 이틀 전에 방 구했냐고 그렇게 들들 볶아놓고. 혹시 너 무슨 일 있는 거야?"

친구 녀석들 중 여행에 대해서 가장 적극적이었던 현성의 침묵에 불안감이 엄습했다. 그리고 잠시 후, 믿기 힘든 녀석의 목소리가 들려왔다. 아니, 듣고 싶지 않았다고 해야 맞겠지.

―집에 도둑이 들었어.

"뭐……? 언제?"

―그게, 뭐라고 말해야 될지 모르겠다. 들락날락… 했다고… 해야 되나?

께름칙하다는 듯 녀석이 말을 흐렸다.

"들락날락했다고?"

─확실하지는 않은데, 내 생각엔 그런 것 같아.

"네 생각? 너 설마 경찰 안 불렀어?"

─그럴 리가 있겠냐. 꼴에 검사라고, 일 터지면 무조건 경찰부터 부르라고 귀에 박히도록 잔소리하는 녀석이 친구인데 당연히 불렀지.

누군지 모르겠지만 널 위해서 그렇게 열변을 해줬다니, 참. 나까지 눈물 나게 고맙네…….

"그래서 경찰은 뭐래?"

─집 한번 둘러보더니, 그냥 몇 개 묻고선 그냥 가던데.

"도둑이 들었는데? 집 한번 보고 그냥 갔다고?"

─뭐, 나도 도둑이 들었을 때 집에 있었던 것도 아니고, 특별히…….

이 새낀 사람이 좋은 건지, 머리도 좋은 놈이 이런 쪽으론 대가리가 안 돌아가나…….

경찰이 그렇다는데 별수 없지 않느냐는 투로 말을 하던 녀석의 말을 끊었다.

"됐고, 명함 받았지?"

─무슨 명함?

"경찰이 왔으면 명함을 줬든, 어디 소속인지 뭐라도 알려줬을 거 아냐."

—아, 있을걸. 근데 왜?

"뭘 왜야? 초동수사 좆같이 했다고 한번 엎으려고 그러지."

—야, 됐어. 괜히 그러지 마라. 경찰이랑 사이 안 좋아지면
좋을 거 없다면서?

"그건 내가 알아서 할 테니까 걱정 말고 알려주기나 하셔."

—됐다니까. 정 그러면 그러지 말고 네가 직접 와서 봐주든
가. 사실 너한테 부탁하려고 했던 것도 그거였으니까.

도둑 들어서 여행 못 간다는 말을 하려는 줄 알았더니, 수
사를 좀 해달라고? 설마 이 새끼 경찰한텐 말 못 할 문제라도
있는 건가?

아무튼 뭔 일인지 알아보려면 일단 움직여야겠지.

"오케이. 그럼 니네 집으로 가면 되냐?"

—아니, 오는 김에 나 좀 태워 가라.

바라는 것도 많네, 진짜.

"가지가지 한다. 어딘데?"

현성과 통화를 하면서 아무렇지 않게 말했던 것과는 달리,
떨리는 마음을 다잡으며 차에 시동을 걸었다.

침착하자. 검사가 됐을 때, 언젠가 일어날지도 모른다고 생
각했었잖냐.

범죄는 사람을 가리지 않는다. 마음속에 이런 생각을 담아두면서도, 지인들에게만은 그런 일이 일어나지 않길 빌었었는데 결국엔 이렇게 되나.

　그나마 현성이 다치지 않았단 것에 위안을 받아야 한다는 현실이 씁쓸하기만 했다.

　그런 내 마음은 눈곱만큼도 모르는지 꼴에 자취한다고, 근처 마트에서 장을 보고 있다던 현성이 녀석이 내 차를 보고는 밝게 웃으며 양손의 봉투 다발을 치켜들고는 흔들어댔다.

　"차는 뒀다 뭐하냐? 이럴 때 안 쓰고."

　"거리도 얼마 안 되는데 이럴 때 운동 좀 해야지."

　뒷좌석에 봉투를 싣던 녀석이 차 문을 닫으며 씨익 웃는다. 집이 털렸다는 녀석이……

　여기까지 차를 몰고 오는 동안, 어떻게 위로를 해야 할지 고민을 했는데, 현성의 그런 태평스러운 모습이 나의 심기를 거슬렀다.

　"그럼 먼저 갈 테니까, 소원대로 조깅이나 하면서 와라."

　내 말에 이상한 낌새를 눈치챈 녀석이 서둘러 문을 열려고 했지만, 녀석은 결국 이미 잠겨 버린 문고리만을 부여잡은 채 손을 흔드는 내 모습을 어처구니없단 눈초리로 바라볼 수밖에 없었다.

　"최승민, 장난 그만하고 문 열지?"

장난은 무슨. 녀석을 보며 썩소를 짓고는 '설마? 아니지?' 하는 눈초리로 이쪽을 바라보는 녀석에게 가운데손가락을 보이며 차를 출발시켰다.

얼마 지나지 않아, 악을 쓰며 필사적으로 따라오던 현성이 백미러에서 점점 멀어져 간다.

"이거 내가 너무 유치했나?"

몇 번 와본 탓에 익숙한 현성의 오피스텔 앞에 차를 주차시키고 녀석을 기다리니 너무했단 생각이 들었다.

하지만 그것도 잠시, 멀리서 땀을 뻘뻘 흘리며 뛰어오는 친구를 보자 다음엔 시열이 녀석에게도 한번 해볼까 하는 욕망이 꿈틀댄다.

"최승민… 진짜 죽고 싶냐……?"

"왜? 무슨 일이라도 있었어? 너 왜 이렇게 땀을 많이 흘려?"

대체 왜 그러는지 모르겠다는 표정을 지으며 능청스럽게 현성에게 다가가자, 꼴도 보기 싫다는 듯 이를 갈던 녀석이 내 얼굴을 손으로 밀었다.

"진짜, 내가 오늘 부탁만 안 했으면 넌 죽었어. 운 좋은 줄 알아라."

"그럼 바쁘신 검사님……"

장난스럽게 말을 건네려고 하자, 녀석이 검지로 날 가리키며 말했다.

"승민아, 곱게 집에 가고 싶으면 입 다물어라……."

이거, 이거, 표정을 보니 아무래도 더 놀렸다간 곧장 주먹이 날아올 것 같다.

"오케이, 미안. 내가 장난이 좀 심했지. 아무래도 조금 우울할 것 같아서 기분 좀 풀어주려고 했던 거니까 너무 서운해하지 마."

"지랄하고 있네. 너 때문에 우울하거든? 더워 죽겠는데 이 꼴이 뭐냐?"

땀에 흠뻑 젖은 티셔츠를 흔들던 녀석이 말도 안 되는 헛소리는 집어치우라는 듯, 고개를 절레절레 흔들며 오피스텔 안으로 들어갔다.

"경찰은 스토커일 가능성이 높다고 하면서, 지금은 해줄 수 있는 게 없대. 한 번 더 이런 일이 있으면 그때 다시 연락 달라고 하더라고."

"뭔 소리야? 갑자기 스토커는 또 뭐야? 너 나한텐 도둑이 들었다고 했잖아."

엘리베이터를 기다리며 전후 사정을 말하던 녀석에게 묻자, 난감한 듯 머리를 긁적이며 녀석이 입을 열었다.

"아, 그게 도둑이 들었던 것 같아서 경찰에 신고했었거든."

"참 나, 들었던 것 같다고?"

"어, 일단 물건이 없어진 게 없어서 말야."

"뭐야, 그럼 집 안이 뒤집어져 있었어?"

"아니, 집도 깨끗했어."

이 새끼가 약을 잘못 먹었나? 아무리 생각해도 앞뒤가 안 맞잖아.

"현성아, 지금 이해가 안 되거든? 물건도 그대로고 집도 멀쩡한데 넌 대체 왜 도둑이 들었다고 생각한 거냐. 경찰은 또 왜 스토커라고 가정한 거고?"

"사실 며칠 전부터 이상했거든."

"혹시 무슨 낌새라도 눈치챈 거야?"

"응.. 처음엔 몰랐는데, 자꾸 집 안 물건들 배치가 바뀌어 있더라고."

"뭐… 확실해? 네가 착각한 거 아냐?"

"그래. 야, 안 그랬으면 너만 봐도 고생하는 거 뻔히 아는데 확신도 없이 경찰에 신고했겠냐? 어제 퇴근하고 집에 들어갔는데 소름이 끼치더라."

그때를 떠올리기 싫은 건지, 현성은 잠시 인상을 찌푸리며 나를 바라봤다.

"분명히 내가 돌려놨거든?"

"뭐를?"

"집 안에 있는 물건 전부. 확실하게 하고 싶었거든."

그렇게 말하고 진지하게 이쪽을 보는 현성의 눈빛에서 녀석답지 않은 초조함이 느껴졌다.

"근데 물건의 위치가 바뀌어 있었다?"

때마침 도착한 엘리베이터 문이 열리는 것을 보던 녀석이 고개를 끄덕이며 말했다.

"그리고 방금 나왔을 때도 표시를 해놨어."

이런 생각을 해선 안 되지만, 타인의 사건을 수사할 때와는 다른 긴장감에 나도 모르게 마른침을 삼키고 말았다.

스토커라⋯⋯. 현성의 말이 사실이라면, 어떤 놈인지 모르지만 현성에게 위해를 가하기 전에 해결해야 한다. 잡을 방법을 고민하는 사이 5층에 도착했다는 것을 알리는 '팅!' 하는 기계음이 들려왔다.

차라리 지금 범인을 잡고 싶다. 그런 내 복잡한 심정을 대변하듯 과거와 달리 방으로 향하는 복도는 오늘따라 끝없이 길게만 느껴졌다.

철컥.

현성이 502호의 문을 여는 소리가 고요한 복도에 울렸다.

"어때? 뭐 바뀐 거라도 있어?"

현성과 함께 둘러본 녀석의 방은 아무 일도 없다는 듯 고요하기만 했다.

"글쎄, 좀 더 확인해 봐야 할 것 같지만, 아무래도 이번엔 안 왔나 봐."

현성이 녀석이 안심한 듯 미소를 보인 그때, '끼익' 하는, 방문이 움직일 때 나는 소리가 들려왔고, 그와 동시에 우리의 시선은 한곳으로 향했다.

그리고 나를 한번 쳐다본 녀석은 말릴 새도 없이 소리가 들려온 자신의 침실로 달려갔다.

이 미친 새끼! 칼이라도 들고 있으면 어쩌려고!

서둘러 녀석의 뒤를 쫓아 방 안으로 들어가자, 현성이 녀석이 어색하게 웃으며 고개를 긁적였다.

"우리가 너무 민감했었나 보다."

녀석이 가리킨 곳엔 원형의 자동 청소기가 자신의 역할을 충실히 수행하고 있었다.

"뭐야, 청소기였어?"

"어. 스토커고 나발이고, 일단 뭐 좀 먹자. 누구 덕에 운동을 빡세게 했더니, 배고파 죽겠다. 점심 안 먹었지?"

"그래. 짱깨나 시켜봐."

"오케이. 그냥 짜장으로 시킨다?"

"어."

그렇게 이쪽으로 다가오는 현성과 함께 거실로 나가려는 순간, 내 눈을 의심해야 했다.

"한현성?"

"응? 왜?"

나를 지나쳤던 현성이 녀석이 의아한 눈으로 이쪽을 바라봤다.

"뭔데. 최승민, 갑자기 손은 왜 들어. 거기 뭐 있어?"

내가 가리킨 곳을 한번 본 녀석이 알 수 없단 얼굴로 물었다.

대체 이건 또 뭐야?

방금 현성이 서 있던 곳의 책상 밑에 쪼그려 앉아 양손으로 귀를 막은 채 눈을 감고 있는 그건 분명 사람이었다.

"야, 최승민. 그럴 기분 아니니까 장난 그만해라."

내가 장난을 친다고 생각했는지, 현성은 불만 가득한 목소리로 푸념을 해왔다. 하지만 그건 내가 녀석에게 하고 싶은 말이었다.

"너, 진짜 저… 거… 안 보여?"

저 여자라고 말하고 싶었지만, 현성의 시선은 그녀를 향하고 있지 않았기에 말을 흐려야 했다.

"자식아! 뭔데? 말을 해야 알 거 아냐?"

못마땅한 눈빛으로 날 쳐다보는 녀석을 보며 떨리는 손으로 한 번 더 눈을 감고 뭔가를 계속해서 중얼거리는 여자를 가리켰다.

그러자 미심쩍다는 듯 고개를 갸우뚱하던 녀석이 미처 말릴 틈도 없이 인상을 찌푸리며 성큼성큼 그녀가 있는 곳으로 다가가기 시작했다.

일곱 걸음도 채 안 되는 짧은 거리였기에, 어느새 현성은 그녀의 앞에 서 있었고, 그 모습에 정신을 차린 난 서둘러 녀석에게 소리를 질렀다.

"야!"

"왜!?"

목구멍으로 넘어가려는 침을 가까스로 참으며, 힘겹게 한쪽 입꼬리를 올려 현성을 바라봤다.

"병~ 신아~ 장난이야. 어떻게 넌 맨날 당하면서 또 속냐?"

"씨발… 그럼 그렇지……. 진짜 널 믿은 내가 병신이다."

잔뜩 약이 올랐는지, 붉어진 얼굴로 단숨에 이쪽으로 뛰어와 헤드록을 거는 친구 녀석의 화풀이를 받아주면서도 난 그 여자에게서 눈을 떼지 못하고 있었다.

저건 사람이 아니야.

"에휴, 이런 것도 친구라고……."

앞으로 내딛던 자신의 발이 그대로 여자의 몸을 통과했다는 사실을 모르는 녀석은 남의 속도 모르고 내 뒤통수를 가볍게 치며 말을 이었다.

"승민아, 솔직히 말해서 네 앞이라 센 척하는 거뿐이야. 나름 심각하니까, 제발 장난은 자제해 줘."

그건 내가 하고 싶은 말이야! 이 자식아…….

"알았어, 인마. 평소엔 당당하던 녀석이 그렇게 쫄아 있으니까 그런 거잖아."

"젠장, 티 났나?"

"당연한 거 아냐? 네놈을 안 지도 벌써 햇수로만 10년이거든? 눈치 못 채는 게 이상한 거 아냐?"

혀를 차며 쓴웃음을 짓는 녀석에게 애써 자신만만한 미소를 지어 보였지만, 눈앞에서 믿을 수 없는 광경을 목격한 상황인지라 마음은 무겁기만 했다.

"그럼 검사님께서 슬슬 본격적으로 수사를 시작해 볼 참이니까, 넌 거실에서 쉬고 있어."

"응? 뭐야? 진짜 여기 뭔가 있는 거야?"

"그런 건 아닌데, 아무래도 조금 이상해서 한번 둘러보려고."

"그럼 나도 도와줄게. 자칭 천재 검사라는 분께서 어떻게 수사하는지 한번 볼까나?"

정말 그럴 수만 있다면 바랄 게 없을 텐데……. 하지만 안 그래도 불안해하는 이놈에게 '야, 네 방에 아무래도 귀신이 사는 것 같은데?'라는 말을 할 수 있을 리 없었다.

"됐다. 고맙지만 마음만 받을게."

내 말에 잠깐 서운한 기색을 내비친 녀석이 이해했다는 듯 고개를 끄덕였다.

"하긴, 내가 도와준다고 나서봐야 방해만 되려나? 그럼 난 짱깨나 시킬 테니까 검사 양반, 잘 부탁해~"

잘 부탁하긴……. 이건 부탁한다고 될 일이 아니야, 자식아.

어깨를 한 번 두드리곤 밖으로 나서는 현성의 뒷모습을 원망스러운 눈으로 바라보다, 천천히 문을 닫았다.

"후~ 우……."

입으로 나오려는 욕지거리를 참으며 여자에게 다가가려 했지만, 보기만 해도 소름이 돋게 만드는 여자의 기괴한 행동에 발은 굳어버린 것처럼 꼼짝을 하지 않았다.

그냥 돌아갈까……? 그래, 막말로 대체 어떻게 할 건데? 꺼지라고 하면 잘도 저 망할 년이 '네' 하면서 사라지겠다, 등신아…….

정말 나도 모르게 귀신에게 홀렸던 걸까? 대체 무슨 깡으로 저것과 대화를 하려고 했던 건지 모르겠다.

현성이 녀석에겐 미안했지만, 온몸을 죄어오는 공포감에 이미 내 손은 본능이 시키는 대로 조금씩 문고리로 향하고 있었다.

차라리 무당을 부르자.

그렇게 마음먹고 문고리를 반쯤 돌렸을 때, 이쪽을 바라보는 한 쌍의 눈동자와 정면으로 마주쳤다.

"씨발……."

나도 모르게 내뱉은 욕지거리와 함께 차갑게 식은 땀방울이 등줄기를 따라 흘러내렸다.

　　　*　　　　*　　　　*

　대체 얼마나 눈을 마주치고 있던 걸까? 당장에라도 달려들거란 예상과 달리 여자는 그저 멍하니 나를 바라보고만 있을 뿐이었다.

　이대로 저것이 사라져 주면 얼마나 좋을까?

　하지만 그런 내 작은 소망을 짓밟듯, 그녀의 눈동자는 무언가를 찾는 것처럼 빠르게 움직이며 내 주변을 살피기 시작했다.

　여자의 괴기스러운 행동을 보자 당장에라도 방을 뛰쳐나가고 싶었지만, 옴짝달싹하지 않는 몸 탓에 어쩔 수 없이 그 모습을 바라보고 있어야만 했다.

　그렇게 한참 동안 눈동자를 굴리던 그녀가 다시 이쪽을 바라봤다.

　그녀가 몇 번이나 그런 행동을 반복하자, 이젠 공포감보다는 '설마 가지고 놀려는 건가?' 하는 생각이 들었고, 이내 울컥하는 마음에 귀신을 향해 소리치고 말았다.

　"야이… 씨발년아!"

눈을 크게 뜨고 쳐다보던 여자는 화가 났는지 입술을 씰룩거리며 '리잉'에서 나오는 귀신처럼 섬뜩할 정도로 천천히 양팔을 자신의 몸 뒤로 내려놓고 있었다.

그 모습을 보자, 다시금 공포가 몰려왔다. 그러나 이제 와서 되돌릴 수도 없었기에 '뿌드득' 소리가 날 정도로 이를 꽉 물고 쥐어짜듯이 입을 열자, 쇳소리가 섞인 것 같은 목소리가 새어 나왔다.

"이제 그만 가지고 놀고, 죽⋯⋯."

뭐야? 왜 지가 뒷걸음질 쳐?

어찌 된 영문인지 나와 눈이 마주치자 필사적으로 양손을 허우적거리며 물러나려는 귀신을 황당한 눈빛으로 쳐다보고 있을 때, 현성이 녀석이 문을 열고 들어왔다.

"야, 너 뭐 하냐? 수사를 하려면 조용히 할 것이지, 왜 혼자 소리를 지르고 난리야, 이 미친 새끼야."

"아, 그게⋯⋯."

갑자기 저년이 왜 저러는지는 모르지만, 어떤 돌발 행동을 할지 몰랐기에 서둘러 현성을 내보내기 위해 변명을 하려는 순간, 잔뜩 겁에 질린 목소리가 들려왔다.

[귀신이⋯ 늘었어⋯⋯.]

뭐? 귀신?

여자가 내뱉은 의외의 말에 그녀를 쳐다보자, 그녀는 현성을 보고 있었다. 그러곤 나와 눈이 마주치자, 덜덜 떨리는 손으로 자신의 귀를 막더니 이내 무릎에 고개를 파묻었다.

[아니야! 이건 꿈이야. 제발 깨란 말이야!]

오호라… 그랬단 말이지?

"야, 최승민. 그게 뭐? 사람 답답하게 하지 말고 말을 해!"

이 새끼를 확 그냥, 내가 누구 때문에 이 고생인데!

"아, 고막 나가겠다. 단서가 잡힐 듯 말 듯하다 안 잡히는 바람에 짜증나서 그런 거니까, 방해하지 말고 일단 나가 있어."

"그래?"

"그래, 자식아!"

미심쩍은 눈빛으로 바라보는 현성을 억지로 밖으로 내보낸 뒤, 귀신 주제에 어처구니없게도 현성과 나를 귀신으로 착각하고 있는 정신 줄을 놓은 아가씨에게 조심스레 다가갔다.

"어이."

나란 놈도 참, 방금 전까지 벌벌 떨던 주제에 어이란 말이 잘도 나오는구만.

[……]

움찔거린 거 다 봤는데, 이제 와서 못 들은 척해도 소용없어요.

"뭔가 오해를 하나 본데, 그쪽이 생각하는 것처럼 우린 귀신이 아니니까 그렇게 겁먹지 않아도 돼."

[정말이에요……?]

예, 귀신은 당신이에요…….

반신반의하는 그녀에게 고개를 끄덕이자, 그녀가 벌떡 일어서더니 그대로 내게 손을 뻗어 왔다. 역시나 그녀의 손은 내 예상대로 현성이 그녀의 몸을 통과했던 것처럼, 그대로 내 가슴팍을 통과해 버렸다.

그러자 내게 속았다고 생각하는 것인지 그녀는 뒤로 물러나며 소리쳤다.

[가까이 오지 마!]

나 참, 내가 진짜 살다 살다… 별일 다 겪네. 귀신이 사람을 무서워하는 꼴을 보게 될 줄이야.

"무슨 생각을 하고 있는진 알겠는데, 잠시만 진정하고 내 말부터 들어줬으면 하는데……."

[그렇게 말해놓고 무슨 짓을 하려고! 한 발자국이라도 움직이기만 해! 가만 안 둘 테니까…….]

그렇게 말하며 그녀는 현성의 책상에 놓여 있던 커터 칼을 잡아선 내게로 향했다.

엥? 사람 몸은 휙휙 통과하는 주제에 대체 어떻게 칼을 집은 거야? 내가 모르는 뭔가가 있는 건가?

"이 아가씨야… 귀신은 내가 아니라, 당신이야."

[뭐……?]

"잘 봐."

내 생각이 맞아야 할 텐데……. 의심스러운 눈으로 이쪽을
바라보는 그녀가 보란 듯이 손으로 내 옆의 벽을 짚었다.

[갑자기 뭐 하는 거야?]

"생각을 해봐. 내가 당신이 생각하는 것처럼 귀신이라면 아
까 당신 손이 내 몸을 통과했던 것처럼 내 팔은 이미 이 벽을
통과하지 않았겠어? 그래도 못 믿겠으면 그쪽이 한번 해보든
가."

그녀가 커터 칼을 들고 있는 상황이라 가능성은 낮았지만,
내 몸을 통과했던 걸 보면, 아예 가능성이 없는 것은 아니었
다.

[이, 이건 말도 안 돼…….]

휴……. 다행이라고 말해야 할지는 모르겠지만, 그녀의 팔
은 현성의 책상을 그대로 통과했다.

"이제 내 말을 좀……."

[거짓말… 너! 나한테 무슨 짓을 한 거야!]

"그걸! 왜 나한테 물어?"

씨발… 이런 미친년을 봤나… 갑자기 커터 칼을 휘두르고
지랄이야!

"미쳤어? 갑자기 무슨 짓이야!"

그녀에게 소리를 질렀지만, 그녀는 동그랗게 뜬 눈을 껌벅거리며 멍하니 내 팔만을 바라보고 있었다.

"야, 너 다짜고짜 칼을 휘둘러 놓고 지금 뭐 하는 거야?"

커터 칼을 잡고 있는 그녀의 팔을 흔들며 화를 내자, 그제야 그녀가 고개를 갸웃거리며 내게 물었다.

[당신 말대로 내가 귀신이면… 당신은 어떻게 나를 잡을 수 있는 건데?]

그러게……? 내가 어떻게 잡을 수 있는 거지? 방금 전엔 너무 급박했던 터라 생각할 경황이 없었지만, 그녀의 말을 듣고 나니 아무리 생각해도 이상했다.

설마? 휘익… 휘익… 아직도 꽉 잡고 있던 그녀의 팔을 흔들자, 내가 움직이는 대로 흔들리기 시작했다.

흐음? 휘익… 휘익… 어떻게 이럴 수가 있지?

[지금 뭐 하는 거야!]

신기한 나머지 계속 팔을 흔들자, 그녀가 화를 내며 따귀를 날렸다. 눈을 질끈 감은 채 충격을 기다렸지만 눈을 떴을 때 보인 것은 미간에서 좌우로 움직이고 있는 그녀의 엄지뿐이었다.

[말도 안 돼…….]

그녀의 말대로 이 말도 안 되는 사태에 우린 한참 동안 서로를 멍하니 바라본 뒤에야 다시 정신을 차리고 이야기를 나눌 수 있었다.

"잘 봐. 주위를 둘러봐. 어떻게 봐도 다 남자 용품이잖아. 네가 이런 로션을 쓸 이유가 없잖아."

그녀에게 남성용 로션을 들이밀어 봤지만, 아직도 그녀는 미련을 버리지 못한 모양이었다.

[혹시 남자친구가 놓고 간 게 아닐까?]

후… 고집하고는……. 하긴, 내가 그녀의 입장이었어도 자신이 죽었다는 현실을 받아들이긴 힘들 것이다. 더군다나 이렇게 누군가와 이야기를 하고 있는 상황이라면 말할 것도 없겠지.

"오케이, 기다려."

[어쩌려구……?]

"이 집 주인한테 물어보는 게 가장 빠르지 않겠어?"

[뭐……?]

무슨 일 때문인지 몰라도 현성을 불러온다는 말에 그녀가 긴장을 하고 있었다.

"갑자기 왜 그러는지는 모르겠지만, 현성이 놈은 어차피 널 보지도 못하니까 걱정하지 않아도 돼."

걱정하지 말라는 의미로 어깨를 토닥이자, 알겠다는 듯 그녀가 고개를 끄덕였다.

"현성아."

"왜? 뭐 도와줄 일이라도 있어?"

"어, 이 화장품 네가 산 거야?"

그 말을 들은 현성이 녀석이 어이가 없다는 듯 이쪽을 쳐다봤다.

"야, 이 새끼야. 지금 그걸 질문이라고 하냐? 당연히 내가 샀지. 근데 왜?"

"아니, 방금 써보니까 괜찮아서. 어디서 샀어?"

"동네 화장품 가게에서. 잠깐! 너 내 방에서 도대체 뭔 짓을 하는 거야? 아까부터 소리만 빽빽 지르더니, 이젠 화장품이냐? 승민아, 그냥 경찰 부르면 되니까… 그냥 하기 싫으면 말해."

"자식아, 이게 다 수사의 일환이야. 이상하게 이것만 눕혀져 있어서 말이야. 혹시 니가 눕혀 놓은 거야?"

"너 지금 그 말 진짜야?"

아니, 당연히 구라지.

"인마, 내가 너한테 거짓말을 왜 해?"

"네 말이 사실이면, 그 스토커가 정말로 있다는 거네……."

"글쎄? 아직은 모르지."

"어째서?"

"니가 실수로 넘어뜨렸을 수도 있고, 아니면 내가 착각한 걸

지도 모르니까. 아무튼 좀 더 뒤져 볼 테니까 쉬고 있어."

"어, 고생해라."

진짜 미쳐 버리겠구만. 자리에 눕는 현성의 옆에서 자신이 정말 안 보이는지 확인을 하고 있는 나사가 반쯤 풀린 귀신을 보고 있자니 절로 한숨이 나왔다.

결국 어쩔 수 없이 그녀의 손을 낚아채 방으로 들어와야 했다.

"너 보자 보자 하니까 아주 가관이더라?"

[뭐… 뭐가!?]

"몰라서 물어?"

눈을 게슴츠레 뜨고 그녀를 바라보자, 현성이 녀석한테 했던 짓이 찔리긴 했는지, 입술을 삐죽이며 내게서 시선을 피했다.

얼씨구, 현성이 앞에서 별의별 쌩쇼를 다 한 주제에 이게 지금 뭘 잘했다고 입술을 내밀어?

"에휴, 됐다. 아무튼 너도 이제 이걸로 니가 귀신이란 건 알겠지?"

이 정도면 인정해 줄 거란 내 예상과는 달리, 그녀는 떼를 쓰는 아이처럼 고개를 흔들며 애써 자신이 처한 현실을 부정해 왔다.

"니 마음은 이해하겠는데, 그렇게 막무가내로 고집부리는 것도 이쯤하지?"

[그래도 아직…….]

자신이 어떻게 죽었는지도 모른다고 했던 그녀가 슬픈 듯이 고개를 푹 숙이는 모습은 안쓰러웠지만 진실은 변하지 않기에 냉정하게 그녀의 말을 끊었다.

"헛소리하려는 거면 집어치워. 어차피 니가 사람이 아니란 증거는 널렸으니까, 니가 못 믿겠다면 더 말해 줄게."

[그만…….]

"너 그렇게 된 이후로 이 집에서 한 발자국이라도 나가본 적 있어? 아니지, 니가 나한테 말했던 대로라면 일상생활이라는 게 아예 없었던 건가?"

[알았으니까! 제발 이제 그만하라고! 그래, 나 귀신이야… 그래서 어쩌라고? 만약 당신이라면 어쩔 건데. 어느 날 갑자기 일어났는데… 내가 누군지도 모르겠고, 이미 이 세상 사람이 아니라고 하면!]

내 앞에서 실성을 한 사람처럼 울부짖는 그녀를 보자, 목구멍까지 올라 왔던 '니가 있을 곳으로 돌아가야지'라는 말을 차마 내뱉을 수 없었다.

"지금부터… 생각해 봐야 하지 않겠어?"

[뭐……?]

"뭘 그리 놀라. 어차피 귀신이라 죽을 일도 없으니, 지금부터 천천히 어떻게 할지 정하면 되지?"

[그런가?]

"당연하지."

잠시 멍하니 있던 그녀가 미소를 지으며 화답하듯 고개를 끄덕였다.

"근데, 아까부터 궁금했던 건데."

[응? 뭐가?]

"어, 너 아까 분명 그 책상 통과하지 않았어? 근데 어떻게 앉아 있는 거야?"

책상에 앉아 발을 동동 튕기던 그녀가 별거 아니라는 듯 말했다.

[아… 그게, 아깐 무심결에 통과한다고 생각했던 것 같아.]

"그게 무슨 말이야? 통과한다고 생각했던 것 같다니?"

이해가 되지 않아 고개를 갸웃거리자, 그녀가 갑자기 책상에 놓여 있는 책을 집어 들었다.

[그러니까 이렇게……]

잘 보라는 듯 책을 든 오른손을 앞으로 내민 그녀는 왼손을 뻗어 책을 통과시켰다.

[그런 눈으로 봐도 소용없어. 왜 이렇게 되는지는 나도 모르니까. 그냥 내가 마음먹은 대로 될 뿐이야.]

지금도 계속 놀라고 있는 내가 재미있는지, 짓궂은 미소를 지은 그녀가 앉아 있는 자세 그대로 책상을 통과해 바닥으로 내려앉았다.

[아마 지금까진 내가 사람이라고 생각해서 깨닫지 못한 걸 지도 모르겠지만, 의외로 재미있긴 해.]

생각을 해보려 했지만, 애초에 귀신을 보고 있다는 게 말이 안 되는 마당이라 그냥 그렇구나, 하고 넘어가는 게 정신 건강에 좋을 것 같았다.

*   *   *

"뭐? 그래서 현성이를 무서워했던 거야?"

[하루도 빠짐없이 이상한 남자가 갑자기 집에 나타나서는, 물건들 각을 잡고 나서 뭔가를 찾으려는 것처럼, 온 방을 헤집고 다닌다고 생각해 봐…… 당신 같으면 안 무섭겠어!?]

그녀의 말을 들으며 그 모습을 상상하니, '사이코'라는 한 단어가 머릿속을 스치고 지나갔다.

이거야 원, 결국 서로가 피해자였던 건가?

[뭐… 당신 말 듣고 난 지금은 저 사람 심정도 이해가 되긴 하지만…….]

그렇게 잠시 그녀와 이런저런 대화를 나누고 있을 때, 기다리던 식사가 드디어 도착했다.

"어때? 니가 보기엔 잡을 수 있을 것 같냐?"

[맛있겠다…….]

"아마도?"

원흉이 자신의 옆에서 짜장면을 먹고 싶다며 투덜거리고 있는 것은 알지 못하는 녀석은 내 말에 안도의 한숨을 내쉬었다.

"그래? 그거 정말 다행이네. 사실은… 아니다."

말을 하려던 현성이 녀석이 머리를 긁적이며, 단무지를 입으로 옮기는 모습을 보자, 혹시 '그녀가 나 몰래 녀석에게 무슨 짓을 했던 것은 아닐까?' 하는 생각이 스치고 지나갔다.

"뭔데 그래? 말해봐. 어쩌면 수사에 도움이 될 수도 있잖아."

"그런 건 아냐. 그냥 조금 말하기 민망해서 그래, 자식아."

"지랄하네. 친구끼리 민망한 게 어딨어? 빨리 말해봐."

"그게, 괜히 집에만 오면 누군가 계속 쳐다보는 것 같은 느낌을 받아서 가끔 잠도 설치고 그랬거든."

"그랬냐? 이제 너무 걱정하지 말고 푹 자. 형이 무슨 수를 써서라도 반드시 잡아 줄 테니까."

친구 녀석을 불안에 떨게 했던 스토커 씨를 노려보자, 그녀가 고개를 갸웃거린다.

[뭐 해? 그러다 짜장면 불면 어떡하려고?]

본인이 먹는 것도 아니면서 안타까워하는 눈빛으로 짜장면을 바라보는 그녀의·모습에 현성이 녀석이 진실을 알면 어떤 표정을 지을지 문득 궁금해졌다.

"왜 그래? 내 얼굴에 뭐 묻었어?"

"아니야. 실은 현성이 너도 이번 여행 같이 가는 게 좋을 것 같아서."

갑자기 여행을 같이 가자는 말을 들은 녀석이 놀란 기색이 역력한 얼굴로 되물었다.

"뭐? 스토커인지 도둑인지 모를 놈도 못 잡았는데, 어떻게 가?"

"넌 잘 모르겠지만, 이런 놈들 잡을 때는 CCTV를 다는 게 가장 확실한 방법이긴 한데, 사생활 문제도 있고 해서 조금 문제가 되거든."

"그러니까 승민이 니 말은 여행 가 있을 동안 CCTV를 설치해 놓자?"

"응, 그게 제일 무난할 것 같은데, 어떻게 생각해?"

"내가 뭘 아나? 우리 검사님께서 그렇다면 '예' 하는 거지."

"그럼 그렇게 알고 준비할게."

*　　　*　　　*

현성의 집을 나설 때 현성의 옆에서 내게 해맑게 인사를 하던 그녀의 모습을 떠올리자, 그녀를 입바른 소리로 속이던 자신에 대한 모멸감이 밀려왔다.

집어치워, 넌 올바른 선택을 한 거야. 이대로 이곳에 있어봤자, 결국 힘들어지는 건 그 여자야. 차라리……

도로를 달리며 수많은 생각을 하는 동안 차는 어느새 법문사에 도착해 있었다.

"이거… 오랜만에 보는구만. 이렇게 누워서 손님을 맞는 노인네를 자네가 이해를 해주시게."

건강이 좋지 않다며, 되도록 짧게 용건을 끝내 달라고 부탁하는 중년의 스님의 말대로, 진명 스님의 안색은 좋지 않았다.

"아닙니다, 스님. 이런 때에 찾아온 제가 죄송하지요."

"아니야, 아니야. 자네가 나를 찾아올 정도라면 필시 보통 일은 아닐 테지. 바쁘실 텐데 어디 말해보시게나?"

"예, 스님. 그럼……"

그녀에 대한 이야기를 최대한 간추려 들려드리자, 스님께서 힘겹게 몸을 일으키시며 말씀하셨다.

"허허, 자네가 귀신을 보게 되었을 줄이야. 분명 천문을 넘은 탓일 게야. 이거 내 자네를 볼 면목이 없구만그래."

"그럴 리가요. 오히려 제가 귀신을 보게 된 덕분에 이번 일도 해결하게 됐는걸요."

"허허허, 그리 생각해 주니 고맙네만, 내 몸이 이래서 그 불쌍한 혼을 달래주는 것은 아무래도 자네가 해줘야 할 것 같네."

법력이 높은 스님께 직접 성불을 받게 해주는 것이 그녀를 위해 내가 해줄 수 있는 유일한 일이었을 텐데.

뭐, 그녀를 배신하려는 내가 할 생각은 아닌가.

"이럴 줄 알았으면, 차라리 그냥 억지로라도 데리고 올 걸 그랬습니다."

"응? 자네, 지금 그게 무슨 소린가?"

"아, 죄송합니다. 제가 빨리 말하려다 보니, 미처 말씀을 드리지 못했습니다. 어찌 된 영문인지, 그 귀신을 만질 수 있었습니다."

"허허. 그래, 만져보니 어떻던가?"

스님… 어감이 조금……

"잘 모르겠습니다. 솔직히 말하면, 아무런 느낌도 받지 못했습니다."

"그렇구만. 그럼, 자네, 혹 그 여인 말고 다른 귀신을 본 적이 있는가?"

"아니요, 스님. 그녀 말고는 한 번도 본 적이 없습니다."

이야기를 들으신 스님께선 뭔가 알겠다는 듯 고개를 끄덕이셨다.

"근데 대체 무슨 일이길래, 제게 그런 질문들을 하신 건지요?"

"정확한 것은 확인을 해봐야 할 테지만, 내 생각이 맞다면 그 여인은 죽은 게 아닐지도 모르네."

"죽은 게 아닐 수도 있다고요?"

"자네가 귀신을 봤다기에, 내 걱정을 많이 했는데 어쩌면 한시름 놓을 수 있겠어."

"스님, 저는 지금 스님이 무슨 말씀을 하시는 건지 전혀 이해를 하지 못하겠습니다."

"허허, 이거 내가 너무 앞서갔나 보구만."

멋쩍은 미소를 지으신 스님께선 생령이란 것에 대해 말씀해 주셨다.

"그러니까 생령이란 것이 살아 있는 육체에서 분리된 영혼을 말하는 것이고, 제가 본 그녀가 그 생령일 수도 있다는 말씀이십니까?"

"그렇다네. 자네가 다른 귀신을 보지 못했다는 것과 음기로 가득 찬 귀신을 아무렇지 않게 만졌다는 것을 보면, 아무래도 자넨 귀문이 열린 것이 아니라 천기를 역행해 이곳으로 오게 된 영향으로 그저 생령을 보게 되었을 가능성이 높네. 그리고 자네를 위해서도 그러길 바라야겠지."

나를 위해서?

스님께선 내 표정을 읽기라도 하신 듯 그것에 대해 말씀해 주셨다.

"귀신은 가까이 있는 것만으로도 사람에게 해를 끼치는 존재라네. 귀신을 볼 수 있는 것만으로도 자네는 그들의 관심을 받게 될 거란 말일세. 자칫하면 생명까지 위험할지도 모를 일이야. 그러니 귀문이 열리지 않은 것이 다행이란 말일세."

"그렇군요. 스님 말씀은 잘 들었습니다. 그러면 이제부터 제가 어떻게 하면 되겠습니까?"

"승민 군, 지금부터 내가 하는 말을 잘 듣게."

＊　　　＊　　　＊

"어, 현성아. 바쁠 텐데 미안하다."

―아니야. 근데 니가 이 시간에 웬일로 전화를 다 했냐?

"니네 집 비밀번호 좀 알 수 있을까 해서?"

―응? 우리 집 비밀번호는 왜?

"CCTV 설치할 자리 좀 확인해 보려고."

―그래? 그럼 내가 문자로 보내줄게.

"어, 그럼 수고해."

통화를 마치고 잠시 기다리자, 현성에게 문자가 왔다.

"제발, 쓸 일이 없길 바란다."

만일을 대비해 스님께서 주신 염주를 매만지며, 현성의 집으로 향했다.

띠리링.

경쾌한 알림음과 함께 문을 열고 들어가자, 그녀가 요상한 포즈를 취하고 있었다.

"너 지금 뭐 하냐?"

문을 열고 들어온 상대가 나란 것을 확인한 그녀는 보는 사람마저 민망하게 만드는 자세를 풀고 화를 내기 시작했다.

[뭐야? 당신이었어? 난 또 도둑인 줄 알고 깜짝 놀랐잖아!]

상황을 보니, 나름대로 도둑을 격퇴하기 위한 행동이었던 것 같긴 한데, 전혀 도움이 될 것 같지는 않았다.

"하는 짓을 보니까 잘 지내나 보네?"

[영락없는 백조지, 뭐.]

드라마가 방영 중인 TV를 가리키며 그녀가 배시시 웃는다.

만약 여동생이 있었다면 이런 느낌이었을까? 라는 생각을 하고 있을 때, 스님께서 당부하신 말씀이 떠올랐다.

'만약, 그 여인이 귀신이라면 절대로 봐줘서는 안 되네. 인정을 보이면 자네의 목숨이 위험해. 내 말 꼭 명심하게.'

"적당히 봐라. 괜히 현성이 등골 휘게 하지 말고."

[나와 봐야 얼마나 나온다고! 당신이야말로 현성 씨도 없는데 여긴 왜 온 건데!]

"왜겠어. 너 보러 온 거지."

[응? 진짜?]

"그래. 그리고 이건 선물."

[에……?]

선물이라는 말에 엉겁결에 편지 봉투 받은 그녀가 그 안을 확인하더니, 싸늘하게 표정을 굳힌 채 나를 노려봤다.

[나쁜 새끼. 착한 척은 혼자 다 하더니! 사람을 이렇게 속여?]

찢어버리려고 양손에 힘을 주던 그녀는 그것이 마음대로 되지 않자, 신경질적으로 봉투를 내 얼굴을 향해 던지며 말했다.

[근데 이거 어쩌나, 아무래도 효과가 없나봐? 괜한 돈 쓰게 해서 미안하네?]

"그럴 리가, 이게 효과가 없다면 니가 못 찢을 리가 없잖아. 안 그래?"

발밑에 떨어진 봉투를 주워 그 안에 든 부적을 꺼내 들었다.

[잠시 동안이라도 너 같은 새끼를 믿었다는 게 진짜 후회스럽다.]

푸른색의 부적을 본 그녀는 체념한 듯 자조 섞인 미소를 짓고 있었다.

뭐, 그녀를 없애려고 했으니, 이런 말을 들어도 할 말이 없
겠지.

"그래, 그거 조금 유감인데? 아무튼 이제 극락왕생하시게
나."

오른손 검지와 중지 사이에 끼운 부적을 가슴팍까지 치켜
들자, 그녀는 분한 듯 주먹을 쥔 양손을 더욱 꽉 움켜쥐었고,
나는 그런 그녀를 바라보며 천천히 입을 뗐다.

"…옴마니반메훔, 율다 신출 사바하!"

짧은 주문과 함께 힘껏 날린 푸른 부적이 허공을 갈랐다.

툭.

…잠시의 정적 후, 자신의 눈앞으로, 아니 거리상으로 본다
면 내 앞이라고 해야 할 정도로 짧은 거리를 비상한 뒤 맥없
이 떨어진 부적을 본 그녀가 어이없어 하며 물었다.

[흐응, 아무래도 내가 반격할 차례인 것 같은데?]

"그럴 필요 없어. 다행히 상황을 보니, 귀신은 아닌 것 같으
니까."

[지금 그게 무슨 소리야?]

숨 막히는 긴장감으로 인해 이미 땀에 전 염주를 다시 팔
목에 차며, 떨떠름한 얼굴로 이쪽을 바라보고 있는 그녀에게

답했다.

"뭐긴 뭐야. 니가 로또에 당첨됐다는 거지."

[하? 장난해, 지금! 당신이라면 이 상황에서 갑자기 그런 말을 들으면 이해가 되겠어?]

"알았어. 숨 좀 돌리고 말해 줄 테니까 제발 잠시만 기다려 주라. 이래 보여도 사실 너보다 훨씬 긴장했었거든?"

덜덜 떨리는 손을 내밀자, 뭔 일인지 도통 이해를 못 하겠다는 듯 눈살을 찌푸린 그녀가 거실에 놓여 있던 탁자에 앉으며 물었다.

[어쨌든 날 없애려던 건 포기했다는 말이지?]

"그래."

[대체 왜? 내가 불쌍해서? 아니지… 당신이 그럴 리가 없지.]

아무튼 방금 전 내 말은 듣지도 않은 것처럼 긴장으로 굳어버린 사고를 진정시킬 틈도 주지 않고 계속해서 입을 여는 그녀 덕분에 머리가 더 복잡해지기 전에 이야기를 해야 할 것 같다.

"이야, 그렇게 좋게 봐주니 이거 몸 둘 바를 모르겠는데?"

기분이 좋지 않은지, 금세 눈을 가늘게 뜬 그녀가 내 말투를 그대로 따라 한다.

[이래 보여도 지금 많이 화났거든? 그러니까 비꼬지 말고 무슨 일인지 알려줬으면 하는데?]

"걱정 하지 마. 안 그래도 이제 말할 참이었으니까."

[말해봐. 성의를 봐서 들어주긴 할게.]

얼씨구? 이제 와서 관심 없는 척. 손을 휘익 젓는 것과 달리, 고개를 돌린 채 궁금한 듯 힐끔힐끔 눈동자를 굴리는 꼴을 보고 있자니 어이가 없었다.

"단도직입적으로 말하자면, 널 없애지 않은 이유는 니가 귀신이 아니기 때문이야."

[지금… 뭐라고 했어?]

고개를 돌린 그녀는 믿을 수 없다는 듯, 커다랗게 뜬 눈으로 이쪽을 바라봤다.

"귀신이 아니라고 했는데? 못 들었나봐? 그러게 사람이 말을 할 때는 상대를 봐야죠, 아가씨."

[정말 내가 귀신이 아니야?]

"그래. 정확히 말하면 생령이라고 해야겠지."

생령이란 말에 당장에라도 멱살을 잡을 기세로 이쪽으로 다가온 그녀가 다그치며 내게 물었다.

[생령? 잠깐, 령이면 어차피 영혼이라는 소리잖아? 귀신이랑 뭐가 다른데?]

"나도 처음엔 너처럼 생각했는데, 아예 다른 개념이더라고."

고개를 갸웃거리는 그녀에게 안심하란 의미로 밝게 미소를 지어 보이자, 뒤로 두 발자국 정도 물러선 그녀가 내게 화답

했다.

[뭐야, 그 기분 나쁜 웃음은? 당장 집어치우고 하던 말이나 계속하지?]

"…아무튼 생령이라는 건 니가 아직 죽지 않았다는 거야."

한참 동안 생령에 대한 설명을 듣고 골똘히 생각하던 그녀가 이해했는지, '그렇군' 하며 고개를 끄덕였다.

"이제 어떤 상황인지, 대충 알겠어?"

[응. 당신 말 대로라면 내가 이대로 사라지기 전에, 몸을 찾아야 한다는 거잖아.]

"그렇지."

[흐응. 아, 근데.]

"뭔데, 또?"

[아니, 당신은 내가 생령인 걸 어떻게 안 거야? 아무리 생각해 봐도 이해가 안 돼.]

뭔가 했더니, 그거였나? 어차피 그 일은 그녀가 묻지 않아도 알려줘야 했던 일이었던지라, 거실에 떨어져 있는 부적을 가리켰다.

"아, 저 부적 덕분에 알 수 있었어."

[어떻게?]

"별거 아냐. 저 부적 원래 노란색이야."

만약 그녀가 귀신이었다면, 붉게 변했겠지. 진명 스님께 처음 받았을 때도 그랬지만, 생령이라는 것을 알려주기 위해 파랗게 변한 부적을 보고 있자니, 왠지 중고등학교 때 과학 시간에 봤던 리트머스 종이가 떠오른다.

[으응… 색이 변한다는 거구나.]

신기한지 가까이 다가가 부적을 바라보던 그녀는 무심코 그것을 만지려다, 멈칫하며 손을 뗐다.

"그렇게 걱정 안 해도 돼. 만져도 아무 일도 없으니까."

[거짓말. 이젠 당신 말은 안 믿어.]

"정말 그래도 되겠어? 후회할 텐데?"

[이씨! 뭔데 또! 할 말 있으면 빨리 해!]

"하여간 성질은……."

[내가 지금, 누구 때문에 이렇게 됐을까~?]

"알았으니까 이제 그만하지?"

코웃음을 치는 그녀에게 손사래를 치며 바닥에 널브러져 있는 부적을 집자, 그녀가 뒷걸음질을 치며 내게서 멀어졌다.

[뭐 하는 거야… 지금?]

"니가 생각하는 그런 거 아니니까 눈 좀 풀어라. 이제 와서 내가 왜 그러겠냐? 걱정 말고 받아."

잠시 망설이던 그녀가 내민 부적을 향해 천천히 손을 뻗었다.

"어때? 아무렇지도 않지?"

[응, 근데 이걸 왜 주는 거야?]

"영기가 사라지지 않게 보호해 준다고 하더라. 항상 근처에 둬. 현성이 놈이 보면 버릴 테니까, 침대 밑에라도 숨겨둬."

[정말? 설마 당신, 처음부터 날 도와주려고 했던 거야?]

"으음… 어느 정도는?"

[어느 정도라니?]

"운이 좋았다고 해야 되나? 만약에 부적이 붉게 변했으면……."

[그 말은 사실은 없애려고 했다는 거잖아!?]

채 말을 끝마치기도 전에 언제 휘두른 건지 모르겠지만, 그녀의 손에 들린 쿠션이 눈앞에 다가와 있었다.

*　　　*　　　*

"이제 화는 좀 풀렸어?"

[응, 어느 정도는 이해가 되기도 하니까. 괘씸하긴 하지만, 당신 입장에선 친구한테 귀신이 붙었던 거니 그럴 수밖에 없었을 거란 생각도 들고…….]

"니가 그렇게 생각해 준다니 다행이네. 아무튼 이제 내가 알려줄 건 다 알려준 것 같으니까, 난 이만 가볼게."

[잠깐만!]

"왜? 혹시 고맙다는 말이라면 안 해도 돼. 어차피 그럴 의도로 한 거 아니니까."

[얼씨구? 당신한테 앞으로도 절대 그런 말 할 일 없으니까 착각하지 말고 사람 말이나 듣지?]

"알았어. 듣고 있으니까 할 말 있으면 얼른 해."

[그게… 같이 가자고.]

응? 뭔 소리야?

"어딜?"

[어디긴 당신… 집이지.]

"뭐? 미쳤어? 그렇게 싫어하면서 왜 나랑 같이 가려고 하는데?"

[아까 당신이 그랬잖아. 내가 기억을 떠올리면, 몸을 찾는게 좀 더 쉬워진다고.]

"그러긴 했는데… 아무리 생각해 봐도 그거랑 이거랑 무슨 연관이 있는지 모르겠는데?"

미심쩍은 눈으로 자신을 바라보는 것을 눈치챘는지 그녀의 눈이 헤엄을 치고 계시다.

[혼자 생각해 봐야… 달라질 게 없을 것 같지 않아?]

"그래서 말이 통하는 나랑 같이 있으시겠다?"

[그, 그렇지! 그렇게 보지 좀 말지? 나도 목숨이 걸려 있지 않았다면, 당신이랑 말도 섞기 싫거든?]

퉁명스럽게 말을 하는 것과 달리 그녀의 눈엔 간절함이 담겨 있었다.

　[뭐, 당신이 정 싫다면, 어쩔 수 없고……]

　"그래, 그렇게 하자."

　말도 안 된다는 그 눈은 뭐야? 나도 생명 가지고 장난치고 싶은 생각은 없어, 이 아가씨야.

　[정, 정말?]

　"그러니까 아까 충고해 드렸잖아요. 사람이 말을 하면, 상대방을 보라고. 제발 한 번만 말하게 해줘라."

　[몰라. 얼른 가기나 해.]

　"에휴, 너랑 무슨 말을 하겠냐? 얼른 부적이나 줘."

　[왜? 가지고 있으라면서 왜 뺏으려고 해!]

　이 아가씨야, 생각이란 걸 좀 하고 살아라, 제발.

　"이 멍청아, 니가 그걸 들고 나가면 다른 사람 눈엔 내 옆에 부적 하나만 둥둥 떠다니는 걸로 보일 것 같지 않냐?"

　[아하… 그것도 재미있을 것 같은데? 한번 해볼까?]

　콩!

　[아! 왜 때려?]

　갑자기 꿀밤을 맞은 충격에 머리를 움켜쥔 그녀가 원망스러운 눈빛을 보내왔다.

　"맞을 짓을 하니까 때렸지. 근데 아프긴 하냐?"

　[어라? 아니.]

흐음. 그냥 잡을 수만 있는 건가?

"그럼 된 거 아냐? 얼른 부적이나 주고 따라오시지?"

[기분이 나쁘잖아, 멍청아!]

나사 세 개쯤은 빠진 것 같은 인간이 누구한테 멍청이래.

"한마디만 더 하면 두고 갈 거니까, 후딱 와."

툴툴대면서도 졸졸 따라오는 그녀와 함께 현성의 집을 나서기 위해 현관으로 가는 도중, 문득 진명 스님과의 대화가 떠올랐다.

'영혼을 집어넣으면 된다는 말씀입니까?'

'어차피 제자리로 돌아가는 것이니 자네는 몸만 찾아주면 되네. 하지만 한 가지 주의할 점이 있어.'

'제가 주의할 점이라니, 그게 무엇입니까?'

'내 경험으로 미뤄봤을 때 생령이 자신의 몸으로 돌아가면, 영혼이었을 때를 기억하지 못하네.'

'그럼 스님께서도 생령을 보신 적이 있으신 겝니까?'

'그래. 오래전에 한 번 본 적이 있었지. 됐네, 됐어. 이런 늙은이가 본 것이 무에 중요하겠나.'

그때 스님께선 아련한 눈빛으로 먼 곳을 바라보았다. 마치, 떠올리고 싶지 않은 기억이라도 떠올리시는 것처럼.

'여하튼 자네라면 내가 하는 말이 무슨 말인지는 잘 알 거

라 생각하네.'

'예. 잘 알겠습니다. 후… 그나저나 귀신이어도, 귀신이 아니어도 보통 일은 아니군요. 이곳으로 오고 나선 정말 별일을 다 겪는 것 같습니다.'

'허허허, 그 여인이 정말 생령이라면 이것도 인연이라면 인연일 테니, 잘 보살펴 주게나.'

'예, 스님. 그럼 이만 물러나 보겠습니다.'

인연이라. 스님, 스님께 인연에 의해 요동친다는 말씀을 들은 터라 그리 달갑지 않습니다.

[갑자기 가다 말고 멈춰서 뭐 해? 혹시 뭐 놓고 온 거라도 있어?]

"아니야, 가자."

8장

휴가

지이잉…… 지이잉……

[시끄러우니까, 이제 일어나서 좀 받지?]

이 징글맞은 아가씨와 동거한 지도 3일째인가? 주위를 날아다니며, 쫑알대는 모습을 보니 한숨이 절로 나왔다.

"너는 모르겠지만, 니가 소리 지르면 귀가 아픈 게 아니라 머리가 울리니까 제발 조용히 해."

[그러니까 듣기 싫으면 받으면 되잖아.]

그때, 데리고 오는 게 아니었는데…….

그녀의 잔소리를 피하기 위해, 서둘러 베개 옆에 놔둔 핸드폰을 집어 들었다.

밤 8시에 처음 보는 번호라? 느낌이 안 좋은데.

"여보세요. 서울중앙지검 검사 최승민입니다."

—휴, 다행이네요. 혹시 아니면 어떡하나 했는데.

누군지는 모르겠지만, 상당히 마이페이스인 아가씨이구만. 보통 이럴 땐 댁이 누군지 말하지 않을까 싶은데?

"그것 참 다행입니다만, 죄송하지만, 누구신지 알 수 있을까요?"

—아! 죄송해요. 제가 깜박했네요. 안녕하세요. 지민이 친구인 홍다나라고 해요. 전에 한 번 통화했었는데, 기억하실지 모르겠네요?

이름 참 특이하네. 그런데 지민이 친구라고?

"혹시 지민이라는 분이 서울중앙지검 윤지민 씨를 말씀하시는 건가요?"

—예! 맞아요.

내가 지민이 친구랑 통화를 했던 적은… 저번 주말에 했던 게 유일하니까, 이 아가씨가 그 아가씨인가 보구만.

"아, 반갑습니다. 저번에 잠깐 통화했던 그분이시군요. 근데 지민 씨 친구분께서 무슨 용무로 이 밤에 저한테 전화를 다 하셨나요?"

그 전에 내 핸드폰 번호는 어떻게 알았는지가 더 궁금하지만, 지금 중요한 게 아니니 넘어가 드릴까나.

　―다름이 아니라, 지민이 문제로 검사님께 상담하고 싶은
게 있어서요.

　"저한테요?"

　―예, 이렇게 전화상으로 말할 문제는 아니라 그런데, 혹시
지금 시간 괜찮으시면 잠깐 만나 뵐 수 있을까요?

　이거야, 원. 당신이 그렇게 말하면 내가 거절할 수 있을 리
없잖아.

　근데, 대체 무슨 이야기일까? 친구의 프라이버시를 직장 동
료에게 말할 리는 없을 테고. 혹시?

　[무슨 일인데, 이 시간에 만나자는 거야?]

　…정말 기가 막힌 타이밍이시네.

　"니가 알 필요 없잖아?"

　사색을 방해받은 덕분에 자연스레 목소리엔 짜증이 섞여
있었다.

　[뭐야! 왜 나한테 화를 내? 만나기 싫으면 싫다고 하든가!]

　왜겠어. 당신한테 화가 났으니까 그렇지. 이거야 원, 현성이
녀석 스토커를 떼 주려다, 내가 스토킹을 당하게 될 줄이야.

　"미안하다. 됐냐?"

　[진심이 안 담겼지만, 반성을 한다니 이번엔 넘어가 줄게.]

　금세 기분이 풀렸는지 코웃음을 치는 녀석의 몸이 점점 떠

올랐다. 암만 봐도 신기하단 말이야…….

녀석이 우쭐대는 모습을 보니 한마디 쏘아주고 싶어진다.

[왜?]

평소엔 맹탕인 주제에, 이럴 때만 눈치가 빨라요.

"뭐가?"

[뭐긴, 뭐야. 당신이 그렇게 쳐다보니까 그렇지.]

"참 나, 사람 얼굴도 못 봐? 이게 이젠 별걸 다 시비네."

[아닌데……?]

"뭐가 아냐. 헛소리 그만하고 나 씻을 거니까, 들어오지나 마."

[내가 미쳤어? 거길 왜 들어가?]

"아~ 예. 그러서서 저번엔……."

[그… 그, 건! 실수였다고 했잖아!]

얼굴이 시뻘게져서 팔을 휙휙 젓는 걸 보니 꽤나 당황하셨나 보구만.

"그러니까, 이번엔 실수하지 말라고 미리 말을 해주잖아요."

[치, 남자가 쪼잔하기는… 볼 것도 없더만…….]

…생령이 되시더니 눈까지 나빠지셨나.

*　　　*　　　*

[나도 갈래.]

"안 돼. 그냥 집에서 얌전히 있으세요."

이 천방지축 아가씨야, 또 무슨 사고를 칠 줄 알고 당신을 데려가.

[사람도 보고 그래야, 뭔가 떠오를 거 아냐. 안 그래?]

"안 그래."

[그렇게 나오시겠다 이거지?]

그렇게 말을 한 그녀는 이쪽을 한번 째려보고는 뭔가 결심했다는 눈빛으로 안방으로 향했다.

"너야말로 그렇게 가고 싶었냐?"

젠장, 어째 불안하다 싶더니…….

[당신이 나라고 생각해 봐. 안 그러겠어? 맨날 여기서 멍 때리는 게 일상의 전부라고!]

웃기고 있네……. 심심하다면서 이틀 전에 내 이름으로 결제한 온라인 게임 계정비나 주고 그런 말을 하셨으면 하는데?

"알았어. 같이 가자. 대신, 얌전히 있어야 돼?"

[응!]

할 수 없이 나오려는 한숨을 참으며, 힘차게 고개를 끄덕이는 그녀의 손에 꼬옥 쥐어져 있는 부적을 낚아채야 했다.

*   *   *

약속 장소인 카페에 도착하자 늦은 시간이라 그런지, 듬성듬성 자리가 비어 있었다.

[저기 저 사람인가 보네.]

생령 씨의 말대로 입구 쪽을 보자, 누군가를 기다리는 듯 연신 주변을 둘러보는 젊은 여인이 서 있었다.

"혹시 홍다나 씨 맞으신가요?"

"아! 예. 안녕하세요."

"처음 뵙겠습니다. 최승민이라고 합니다."

내 말에 귀엽게 생긴 홍다나란 아가씨가 방긋 웃으며 고개를 꾸벅 숙였다.

"그럼 여기서 이러지 말고, 들어가서 이야기하시죠."

간단히 커피를 시키고 자리에 앉자, 그녀가 다행이라는 듯 입을 열었다.

"그래도 일찍 오셔서 다행이네요."

"예?"

'이 아가씨가 무슨 말을 하고 싶은 걸까?'란 생각을 할 무렵, 그녀가 뾰로통한 얼굴로 흰 반팔 티를 입은 탓에 노출된 양팔을 매만지며 말했다.

"모기한테 헌혈을 하고 싶진 않았거든요. 뭐, 몇 방 물리긴 했지만……."

"이거, 이럴 줄 알았으면 조금 더 일찍 올 걸 그랬네요."

웃으며 농담을 하자, 그녀가 의외란 얼굴로 이쪽을 바라보고 있었다.

"왜 그러신가요?"

"조금 의외여서요."

"예?"

"아… 그게 직접 만나 뵙고 나니, 지민이한테 들은 이미지랑 많이 달라서요."

오호? 그거 구미가 당기는데?

"그러셨군요. 상황을 보니 지민 씨가 뭐라고 말했을지는 대충 알 것 같긴 한데, 그래도 실례가 안 된다면 꼭 듣고 싶어지네요."

"사실 별말 안 했어요. 좋은 선배라는 것 정도?"

그럴 리가… 그랬으면 아까 같은 반응이 나올 리가 없지. 뭐, 이쯤에서 접어 둘까?

"특별히 잘해준 기억이 없는데, 그런 말을 들으니 조금 민망하긴 하네요."

"에이, 아니에요. 지민이 말로는 조언도 많이 해주시고, 여러모로 많이 도움을 주신다고 하던데요."

흠. 초면인데도 어색해하지 않고, 자기 페이스로 상황을 이끄는 걸 보면, 예상했던 것보다 더 붙임성이 좋은 아가씨구만.

자, 그럼 더 휘말리기 전에 슬슬 본론으로 들어가 볼까.

"그랬다면 다행이네요. 근데 이거 대화를 나누다 보니, 옆으로 많이 샌 것 같네요."

눈빛을 보니 예상대로 총명한 아가씨라 그런지, 무슨 말을 하는지 단번에 이해를 한 것 같다.

"아! 그러네요."

내가 뭔가 그녀의 호기심을 끌 만한 행동을 한 것일까? 착각을 한 것인지는 모르겠지만, 왠지 나를 보는 눈빛이 아까와는 달라 보였다.

"왜 그러신가요?"

"아! 잠깐 딴생각을 해서… 죄송해요 가끔 제가 이래요."

도무지 종잡을 수 없는 아가씨구만.

"아닙니다, 괜찮아요."

"히히, 제가 초면에 실례가 많네요."

장난을 치다 들킨 아이처럼 웃던 그녀가 돌연, 진지한 눈빛으로 이야기를 시작했다.

"실은, 저번에 무심코 이야기를 들어버려서요."

그게 무슨 말이지?

의아해하고 있을 때 혀를 살짝 내민 그녀가 자신의 머리를 '콩' 하고 쥐어박으며 다시 이야기를 시작했다.

"저번에 지민이랑 통화하던 내용이요."

역시나, 그 이야기인가. 아무리 지인이라고 해도 아직 해결도 되지 않은 사건을 말할 줄이야. 이거 예상은 했지만, 그래도 지민이한텐 조금 실망인걸.

"아, 그러셨군요. 그 대화만 듣고 아셨다는 건 다나 씨도 무슨 일인지 알고 계신 거군요?"

분위기를 읽었는지 그녀가 쓴웃음을 짓고 있었다.

"예. 근데 승민 씨가 생각하는 것과는 조금 달라요."

"그럼, 다나 씨도 검찰……?"

"아니요. 어느 정도 관련이 있는 거지, 검찰은 아니에요. 국과수에서 일하고 있거든요."

국과수… 국과수라면, 국립과학수사연구원? 그러고 보니, 저번에 임 선배가 지민이 덕 좀 봤다고 좋아했었던 게 이 아가씨 덕분이었구만.

"아, 도봉구 살인 사건 때, 임 선배를 도와주셨다던 지민 씨의 국과수 지인이 다나 씨였군요."

당연히 수긍을 할 줄 알았던 다나 씨가 굳은 얼굴로 중얼거렸다.

"이러다 좌천될지도 모른다고 해서 억지로 식사까지 하고 도와줬더니, 선배 일이었단 말이지? 이 기집애를 그냥!"

"그게 무슨?"

"흠, 흠! 아니에요."

뭔지는 모르겠지만 아무래도 분위기를 봐선 내가 끼어들

문제는 아닌 것 같았기에 그녀가 진정되길 기다려야 했다.

"아무튼 듣지 못했으면 모를까, 저도 알고 있는 일이니 승민 씨께 부탁 좀 드릴게요."

다나 씨의 말을 듣자 아무리 지인의 일이라고 해도 관할도 아닌 일에 대해 하루도 거르지 않고 묻던 그녀의 행동에 의문이 들었지만, 그래도 본인이 거절한 일에 나설 수는 없었다.

"아무리 그렇게 말씀하셔도, 지민 씨가 거절한 일을 도와드릴 수 없을 것 같습니다."

"그래서 이렇게 따로 부탁을 드리는 거예요. 지민이는 몰라야 하니까요."

"그게 무슨 말입니까?"

"겉으로 보기엔 똑 부러져도, 그 아이 의외로 맹하거든요. 만약 저였으면 승민 씨가 도와준다고 했으면 바로 받아들였을걸요? 하여간 고집만 세 가지고……."

지민에 대해 한참을 투덜대던 다나 씨가 들려준 이야기를 듣고 나자, 이렇게 부탁을 해오는 그녀의 심정도 이해가 됐다.

"그러니까, 지민 씨 아버님께서 맡게 된 마지막 사건일지도 모른다는 거군요."

"예, 그래서 아저씨도 꼭 해결하고 싶어 하세요."

하긴, 사건을 남겨두고 퇴직을 한다면 끝까지 미련이 남겠지.

"그런데 조금 이상하네요. 그런 거라면, 지민 씨가 거절할 이유가 없을 것 같은데요?"

"그 바보가 괜한 폐를 끼치고 싶지 않다고 하네요."

"설마?"

"예, 예상하신 그대로예요. 아마 승민 씨가 휴가를 가신다고 안 하셨으면 받아들였을걸요?"

"휴… 다나 씨 말씀대로라면, 제가 나서지 않을 이유가 없을 것 같네요. 물론 해결한다는 보장은 없지만요."

내 말에 그녀가 환한 미소를 지으며 말했다.

"아니요. 도와주신다는 말씀만으로도 감사한걸요."

"예, 그럼 뭔가 발견되면 연락드리겠습니다."

"그럼 잘 부탁드릴게요."

윤지민 씨, 그쪽도 상당히 인생 복잡하게 사시네요. 내가 설마 휴가를 내팽개치고 당신을 도와주려고 했으려고.

첫인상과는 달리 착해 빠진 후배님을 생각하며 손을 내미는 그녀와 악수를 하고 카페를 나서자, 생령 씨가 기다렸다는 듯 입을 열었다.

[흥. 웃기고 앉아 있네.]

"갑자기 그게 무슨 말이야?"

[못 들었어?]

"뭔 소리야? 내가 뭐를 못 들어."

[아까 그 여자, 은근슬쩍 자기 자랑하는 거.]

아무리 생각해 봐도 도통 알 수가 없어 고개를 갸웃거리자 한숨을 내쉰다.

"그렇게 잘 아시면 알려 주시든가."

[친구 부탁 들어주려고 억지로 식사를 하셨다잖아요.]

"으응?"

[이래서 남자들은… 하긴, 아까도 좋아 가지고 '제가 나서지 않을 이유가 없을 것 같네요'는… 어휴 느끼해서 못 들어 주겠더라.]

"같이 나오고 싶다고 해서 데리고 와줬더니, 왜 시비야? 이럴 거면 그냥 집에 있든가."

[시비는 무슨! 어휴, 이 바보야. 정말 모르겠어?]

친구 부탁을 들어주려고 억지로 식사라.

"푸… 무슨 말인지 알겠는데, 너 너무 오버하는 거 아냐? 그냥 혼잣말이었잖아."

[원래 그런 식으로 어필하는 거거든요!?]

자기소개 하고 앉아 있네.

"너나 그렇겠지. 근데 갑자기 그런 말은 왜 하는데?"

[웃기잖아. 별로 예쁘지도 않은 게 그러니까.]

참 나, 그 진지한 대화를 들으면서 고작 한다는 생각이 이런 거냐?

"왜? 내가 볼 땐 너보단 훨씬 나은 것 같은데."

[하! 지금 장난해?]

"장난은 무슨. 그렇게 말하는 넌 연애나 해보고 말하는 거냐?"

말은 이렇게 했지만, 평소의 행동을 봤을 땐 전혀 어울리지
않는 청순한 외모의 그녀가 제자리에서 볼륨감 있는 몸매를
과시하듯 빙그르 도는 모습을 보자, 어지간히 남정네들의 애
간장을 녹였을 것 같다는 생각이 들었다.

[당연하지! 내가 연애도 못 해봤을까 봐?]

"아~ 그러셔? 그럼 말 좀 해봐. 어디 들어나 보자."

[잘 들어!]

기세 좋게 말하던 그녀가 갑자기 풀이 죽은 목소리로 중얼
거렸다.

[생각해 보니 웃기네? 당신한테… 왜 내가 그런 말을 해야 돼?]

"없었나 보구나? 하긴, 니 성격을 누가 감당하겠어?"

당연히 화를 낼 줄 알았던 그녀가 쓸쓸한 얼굴로 빠르게
걷기 시작했다. 의외의 상황에 서둘러 그녀의 손을 잡자, 그녀
가 말없이 나를 바라봤다.

"야! 왜 그래 갑자기?"

[됐어. 그냥 가기나 해.]

가뜩이나 지민이 일로 머리 아픈데, 너까지 이러지 말자.

"너 같으면 그냥 가겠냐? 말해 봐, 괜히 이따 집에서 신경질
부리지 말고."

잠시 망설이던 그녀가 진지한 얼굴로 나를 바라봤다.

[내 기억 말이야…….]

혹시 좋은 기억이 아닐지라도 뭔가 떠올린 건 아닐까?

"어, 뭔가 떠올랐어?"

하지만 내 바람과는 달리 그녀의 입에서 나온 것은 내 기대와는 동떨어진 말이었다.

[돌아올 수 있는 걸까? 지금도 그래. 당신이 애인이 있었냐고 물어봤을 때, 당연한 것처럼 몸이 반응했는데도 머릿속엔 아무것도 떠오르지 않았어.]

시무룩해하는 그녀의 모습에 실망감을 감추고 위로의 말을 꺼내야 했다.

"별걸 다 고민한다. 걱정하지 마. 니가 기억 못 해도 상관없어. 도움이 된다는 거지, 꼭 기억을 찾을 필요 없으니까."

[뭐?]

"그렇잖아. 니 몸만 찾으면 이 생활도 끝인데, 뭘 그리 쓸데없는 고민을 하냐. 이래 봬도 검사거든? 설마, 니 몸뚱이 하나 못 찾으려고."

내 말에 안심한 듯 미소를 보이던 그녀가 갑자기 눈을 가늘게 뜨고 이쪽을 노려본다. 하여간 단순한 건 알아줘야 한다니까.

[진짜 당신, 너무 느끼해. 그 버릇 못 고치면 평생 애인 못

사귈걸?]

"이미 있으니까 니 걱정이나 하셔."

[진짜?]

얼씨구? 뭘 그리 놀라?

"쓸데없는 말 할 거면 이만 갑시다."

[잠깐만! 만약에 몸을 찾고 나서도 기억을 못 하면?]

"그거야 내 알 바 아니지. 알아서 고민해 보세요."

바보야, 그땐 내 얼굴도 기억 못 할 텐데 내가 어떻게 도와주겠냐.

[치! 당신, 말을 해도 꼭 그렇게 밥맛없게 해야겠어?]

"얼씨구? 좋게 말해드리면 느끼하다고 하신 게 누구더라?"

[느끼하게 말하라는 게 아니라, 상냥하게 말해 달라는 거잖아!]

대체 뭐가 다른 건데?

아무것도 모른 채 알 수 없는 소리를 해대며 바락바락 덤벼오는 이 철부지 아가씨에게 조만간 지금 살얼음판 위에 서 있다는 걸 말해줘야 할 텐데.

'내가 해줄 수 있는 건 여기까지일세. 승민 군, 부디 조심하시게. 부적으로도 그녀를 보호하는 것엔 한계가 있어. 6개월. 그 안에 여인을 본래의 몸으로 돌려놔야 하네. 아니지, 최대한 서둘러야 할 게야.'

'스님, 그리 말씀하시는 무슨 다른 이유라도 있으신지요?'

'생령이 죽는 것은 영혼이 사라지기 때문만이 아닐세……. 그럴 일이 없길 바라야겠지만, 만약 그녀의 몸에 문제가 생긴 다면……'

이 녀석도 사라진다. 스님, 참 무거운 짐을 안겨 주셨습니다. 젠장, 오늘도 편히 쉬긴 글렀구만.

홍다나 씨를 만나고 돌아온 집은, 전자 기기들에서 새어 나오는 조그마한 불빛 말고는 빛이라고는 찾아볼 수 없는 탓에 사물을 분간할 수 없을 정도로 어두웠다.

불이 꺼진 집에 들어오는 것도 오랜만이네.

그 일의 원흉께선 거실로 들어오자마자, 서둘러 집 안의 스위치란 스위치는 모조리 누르고 있었다.

[휴~ 이제야 살 것 같네.]

생령 씨께서 환해진 거실을 둘러보더니 만족스러운 미소를 지으며, 자기 집인 양 소파에 몸을 날리신다. 그러곤 탁자에 놓인 리모컨을 집다 말고 뭔가 불편한지 쿠션의 위치까지 바꾸고 있는 걸 보고 있자니 정말 가관이시다.

하지만 내가 이런 생각을 하고 있는지 모르고 계신 생령 씨께선, 몸을 쭈욱 편 자세로 고개만 살짝 돌려 이쪽을 바라보며 물었다.

[거기 서서 뭐 해? 어제 야근해서 졸리다며, 얼른 씻고 들어가서 쉬어.]

"안타깝게도 밖에 나갔다 와서 그런지, 다 깼어."

[그래?]

"어, 그래서 그런데 잠깐 이야기나 좀 하자."

[어머! 언젠 중요한 일 아니면 말도 걸지 말라던 분께서 웬일이래?]

진짜, 사람 피곤하게 하는 데 일가견이 있으시구만.

"싫으면 말고. 됐다. 그냥 TV나 봐라."

[싫기는~]

역시나… 인가? 어차피 이럴 거면서 꼭 딴지를 걸어요.

[나도 당신한테 할 말이 있었는데, 잘됐네.]

나한테? 무슨 말을 하고 싶은 건진 모르겠지만, 소파에서 천천히 몸을 일으키고 있는 그녀에게 먼저 하라는 제스처를 취했다.

"그래? 그럼 뭔지 모르겠지만, 너부터 말해봐."

[응, 듣고 웃지 마.]

그렇게 째려보는 건 내가 웃은 뒤에 해도 늦지 않을 것 같은데?

"쓸데없는 걱정 하지 말고, 그만 노려보고 하고 싶은 말이나 하시지?"

민망한 듯 살짝 고개를 돌린 그녀가 머뭇거리며 입을 뗐다.

[별건 아니고, 나도 이름으로 불러달라고…….]

갑자기 이게 무슨 뚱딴지같은 소리야?

"뭐?"

내가 듣지 못했다고 착각한 그녀가 잔뜩 얼굴을 붉히며 소리를 질렀다.

[이름으로 불러달라고!]

"후… 너 지금 니가 무슨 말을 하는지 모르는 거야?"

[내가 뭐? 당신이 처음 보는 사람한테도 잘만 OO 씨라고 부르면서 나만 무시하니까 그런 거잖아.]

아휴, 이 바보랑 정상적인 대화를 하려고 했던 내가 등신이지.

"내가 하려는 말은 그게 아니잖아."

[그럼 뭔데!?]

"이 멍청아! 니 이름을 알아야 불러주든 말든 할 거 아냐!"

그제야 깨달았는지, 멍한 얼굴로 눈만 꿈벅거리고 계셨다.

"진짜, 무슨 말을 하려나 했더니 한다는 소리하고는……. 이제 알아들었으면 얼른 정신 차리세요. 그게 그렇게 억울했다면, 앞으론 생령 씨라고 불러 드릴게. 됐지?"

그 말에 정신을 차린 그녀가 고개를 절레절레 흔들더니, 새침한 말투로 똑 쏘아붙였다.

[싫어, 앞으론 지은 씨라고 불러.]

뭐?

[뭘 그리 놀라?]

놀란 내 모습을 본 그녀는 남의 속사정도 모른 채, 승기를 잡았다고 생각했는지 하고 싶은 말을 쏟아냈다.

[그리고 이제부터라도 서로 경어를 썼으면 좋겠어요. 승민 씨? 사실 우리가 반말할 정도로 친한 사이는 아니잖아요? 제가 나이가 더 많을지도 모르는 일이구요.]

이게 보자 보자 하니까……. 내 나이가 이제 곧 예순을 바라보고 있는데 어디서 나이 타령이야? 아무리 많아도 저보다 많을 순 없어요, 이 아가씨야.

"개똥 같은 소리 하고 있네. 이제 와서 경어를 쓰는 게 더 웃기지 않냐? 그렇게 나한테 존댓말을 듣고 싶으면 몸부터 찾고 오시지. 그 전엔 어림도 없으니까."

[치……. 그래, 좋아. 경어는 됐다 쳐. 그래도 이름은 포기 못 해. 난 그래도 최소한의 예의를 갖춰서 당신이라고 불러주잖아?]

"아니, 어차피 이름으로 불러봐야 니 이름도 아닌데 뭘 그리 신경 쓰냐?"

[왜긴 왜야? 기분 나쁘니까 그렇지! 당신 같으면 기분 좋겠어?]

하긴, 생판 남인 나한테 그렇게 불리면 기분 나쁘긴 했었겠네.

"알았어. 미안했다. 앞으론 이름으로 불러 줄게. 대신 지은

이라고는 못 불러."

[왜! 나름 괜찮은 이름으로 고른 건데!]

나도 알아. 하지만 그 이름만은 절대 안 돼.

"다른 이름으로 해. 안 그러면 복순이라고 부를 거니까 그렇게 알아."

[복순이?!]

"그러니까 얼른 생각해 보세요."

*　　　*　　　*

[당신, 지금 일부러 그러는 거지?]

자신이 말하는 이름마다 족족 퇴짜를 놓는 것이 불만이었는지, 생령 씨께서 부루퉁한 얼굴로 노려보고 계신다.

"제발 양심이 있으면, 연예인 이름은 제외합시다?"

[그것 말고는 딱히 떠오르는 게 없는걸.]

"그렇게 복순이라는 이름이 마음에 든다면 어쩔 수 없지. 불러 드리는 수밖에."

[씨……. 기다려. 금방 생각해 낼 거니까.]

"알았으니까, 이제 그 쓸데없는 이야기는 그만하고 저랑 진지한 대화 좀 하시죠?"

[응? 뭐야, 갑자기 왜 그래?]

대화만 하자고 했는데도 이렇게 불안해해서야……. 오늘은 넘어가야 하나.

"그렇게 놀랄 필요 없어. 지금까지 알아낸 걸 말해주려고 하는 거니까."

[흐응, 그럼 어디 들어 볼까나?]

그렇게 기대하고 있다간 듣고 나서 실망만 커질 텐데.

"일단, 복순 씨, 당신이 현성이가 살기 전에 그 오피스텔에 살고 있었는지, 조사를 해봤는데 안타깝게도 그곳에 살지 않았던 모양이야."

복순이란 말에 잠시 미간을 찌푸리던 그녀가 이어지는 말을 듣고는 소파에서 벌떡 일어났다.

[뭔 소리야! 말이 안 되잖아. 그러면 왜 내가 거기 있었던 건데?]

"그건 내가 그쪽한테 묻고 싶은 말이니까, 일단 진정하고 앉기나 해."

[지금 내가 진정하게 생겼어? 그럼 이제 내 몸을 어디서 어떻게 찾을 건데!]

"오피스텔에서부터 시작해 봐야지. 뭘 어떡해?"

[너무하네. 남 일이라고 너무 쉽게 말하는 거 아냐?]

"또, 또 오버한다. 지인이 살았다든가, 그것도 아니면 애인 집이었든가. 뭔가 당신이랑 관련이 있으니까 거기 있지 않았겠어? 안 그래?"

[그런가?]

"그래. 지금 그쪽으로 조사하고 있으니까, 조만간 소식이 있을 거야. 그러니까 아까처럼 걱정하지 말고 기다리라는 거지."

[뭐야~ 당신, 지금 보니까 아까 그 일 때문에 위로해 주려고 그랬던 거야?]

정말 그랬으면 얼마나 좋았을까…….

"그럴 리가 있겠냐. 그냥, 당신 일이니까 이 정도는 알아야될 것 같아서 말해준 거야."

[뭐~ 알았어. 할 말은 그게 끝이야?]

"어. 이만 자러 갈 테니까, TV 볼 거면 소리 줄이고 봐."

원래 하려고 했던 말을 마음속에 다시 묻으며, 자리에서 일어났다.

[응, 그럼 피곤할 텐데 얼른 자. 근데, 승민 씨.]

이럴 거면 자라고 하질 말든가.

"또 왜?"

[가족들은 내 걱정하고 있을까?]

"당연한 거 아냐?"

[치, 또 자기 일 아니라고 바로 대답하는 거 봐.]

"쓸데없는 말을 하니까 그렇지. 가족들이 당신을 생각하지 않았으면, 지금 나랑 이렇게 이야기할 수 있었을 것 같아?"

[응? 그게 무슨 소리야?]

젠장, 나야말로 쓸데없는 말을 했구만.

"말 그대로야. 영혼이 빠져나간 몸이 멀쩡히 걸어 다니면서 일상생활을 할 리가 없잖아."

당연히 어딜지는 모르지만, 병원 침대에 죽은 듯이 누워 있 겠지.

[그럼······.]

말을 흐리는 걸 보니, 그녀도 자신이 어떤 상황에 처했는지 눈치챈 것 같았다.

"나중에 몸 찾고 나면 부모님께 잘해드려. 모르긴 몰라도, 오늘도 딸이 깨어나길 바라면서 기도드리고 계실 테니까."

말속에 숨은 의미를 깨닫지 못한 그녀가 안심한 듯 고개를 끄덕인다.

[그렇네. 나도 참 바보 같은 고민을 하고 있었나 봐.]

뭐, 이 아가씨가 알아봐야 좋을 건 없겠지. 지금은 그저 그 녀의 부모님께서 자신들의 딸을 포기하지 않길 바랄 수밖에.

"그럼, 그동안 집 잘 지키고 있어."

[응, 걱정 말고 다녀와~]

같이 간다고 하면 어쩌나 싶었는데, 그래도 눈치는 있는 모 양이다. 다행이란 생각을 하며 친구들과 만날 생각에 서둘러 현관을 나서려는데, 뒤에서 그녀가 다급히 외쳤다.

[승민 씨! 잠깐만 이거 놓고 갔잖아!]

가장 중요한 차키를 놓고 갈 뻔하다니, 너무 들떴나.

"아, 고마워. 하마터면 큰일 날 뻔했네."

됐으니 늦기 전에 어서 가보라며 손을 흔드는 그녀와 작별을 한 뒤, 렌터카를 타고 약속 장소에 도착하자, 조수석에 앉아 있던 예슬이가 한 곳을 가리키며 말했다.

"지훈이 벌써 와 있네."

"그러게. 평소엔 굼뜬 녀석이 웬일로 벌써 도착했데? 일단 내리자."

예슬이와 함께 차에서 내리자마자, 지훈이 녀석 애인 옆이라고 아주 사람을 잡아먹을 기세다.

"뭐야, 최승민. 왜 이렇게 늦게 나와. 한참 기다렸잖아!"

"늦긴 누가 늦어. 니가 너무 일찍 나온 거지. 안녕하세요. 유미 씨, 오랜만에 뵙네요."

"예, 안녕하세요."

수줍게 미소를 지으며 어느새 예슬과 인사를 나누는 그녀를 보니 아무리 생각해도 지훈이 녀석에겐 아깝다는 생각이 든다.

"니 애인이나 신경 쓸 것이지, 우리 유미는 왜 이렇게 쳐다봐?"

우리 유미는? 후, 아주 맞을 말만 골라 하고 계시네.

"왜겠냐? 유미 씨가 아까워 보여서 그렇지."

"지랄하고 있네. 헛소리할 거면 짐 싣게 트렁크나 열어."

"같이 가, 도와줄게."

자연스럽게 손에 들고 있는 짐을 넘기는 지훈이 녀석과 함께 트렁크로 향했다.

"안 무겁냐? 짐 안 넣고 뭐 해?"

"어, 넣어야지. 다른 애들 짐까지 실으려면 짐 정리 좀 해야 되니까 넌 이만 가봐."

"같이해? 힘들 텐데, 뭘 혼자 하려고 그래?"

"됐어, 인마. 유미 씨나 챙겨드려. 예슬이랑 둘이 있으면 불편해할걸?"

"그래. 그럼 고생 좀 해라."

지훈이 떠나자, 트렁크 한쪽에 앉아 계시던 복순 씨께서 이게 무슨 짓이냐는 내 눈빛을 무시한 채 들고 있는 짐의 밑을 받쳐 주셨다.

[많이 무겁지?]

어쩐지 오늘따라 순순히 나오시더니, 이럴 생각이셨구만.

"집에 계셔야 할 분이 여기서 뭐 하시는 걸까?"

[날씨가 너무 좋아서 잠깐 마실 좀 나왔어. 근데 우연이네. 이런 곳에서 다 보고.]

그게 차 트렁크에서 나오면서 할 소리는 아닌 것 같은데?

"충분히 재미있었으니까, 이제 장난 그만하고 돌아가. 지금 부적도 없이 뭐 하는 거야? 그러다 너 큰일 나."

[걱정 마. 부적이라면 가지고 왔어.]

"하, 그럼 여기까지 부적을 들고 왔단 이야기야?"

그러자 의미심장한 미소를 지은 그녀가 고개를 저으며 나를 가리켰다.

설마? 아니길 바랐지만, 뒷주머니에서 나오는 파란 부적을 보자 어이가 없었다.

"처음부터 타고 있었던 거야?"

[응, 누구 씨는 애인이랑 떠드느라 전혀 눈치채지 못했지만.]

"에휴, 이럴 거면 그냥 말을 하지 그랬냐. 얌전히 놀아, 괜히 친구들 놀라게 하지 말고."

이렇게 된 거 별수 있나. 편하게 일행이 한 명 늘었다고 생각하는 게 낫지.

순순히 허락하자, 그녀가 놀랐는지 눈을 똥그랗게 뜨고 쳐다본다.

"왜? 가기 싫어? 가기 싫은 거면 빨리 말해. 부적 놓고 와야 되니까."

[정말 나… 같이 가도 돼?]

"속고만 살았냐?"

[이럴 거면 진작 같이 가자고 해주지. 괜히 고생만 했잖아!]

이게 적반하장도 유분수지! 뭘 잘했다고 어디다 얼굴을 들이밀어?

"아! 최승민… 지금 뭐 하는 거야!?"

"미안……. 세나야, 괜찮아?"

갑자기 우리 사이에 끼어들게 된 세나가 눈물이 살짝 맺힌 눈으로 매섭게 노려본다.

"전혀… 안 괜찮거든! 갑자기 주먹을 휘두르면 어떡하라는 거야?"

[어머! 여자한테 폭력이나 휘두르고 못났다~ 정말.]

그렇게 세나와 생령 사이에서 핍박을 받던 난, 시열의 도움으로 간신히 그 지옥에서 빠져나올 수 있었다.

"뭐 잊은 거 없나 다들 확인해 봐."

"없어~"

마지막으로 도착한 현성이 일행의 짐까지 싣고 친구 녀석들에게 물어봤지만, 건성으로 대답을 하며 차에 오르기 시작했다.

[나도 없어. 그럼 운전 잘 부탁해?]

얼른 가기나 하라는 재촉에 서울 시내를 벗어나 목적지인 ○○요트클럽으로 향하기 위해 고속도로에 진입했지만, 요트클럽은 그저 이번 휴가의 최종 목적지일 뿐이었다.

"승민아, 근데 방도 안 잡고 그냥 막 가도 돼?"

출발 전, 혹시나 잘못되면 찜질방에서 자자고 했던 내 말이 떠올라서였을까? 지훈이 불안한 눈으로 이쪽을 쳐다본다.

이래 봬도 여행이라면 지긋지긋할 정도로 다녔던 놈이 나야, 이 자식아.

"남아돌 테니 그런 걱정 안 하셔도 돼요. 지금 해수욕장 쪽은 그냥 우리나라가 아니라고 생각하면 돼. 괜히 바가지 쓰면서 그런 데서 잘 필요 없잖아."

"뭐, 니 말대로 한 번쯤은 색다르게 노는 것도 괜찮겠지."

"그래도 여름인데 바닷가에서 놀아야 하지 않겠어? 내가 지금 이깟 논밭 구경하려고 아까운 시간 빼서 온 줄 알아? 담양이 대체 어디야?"

지훈이 녀석에게 세나가 곧바로 태클을 거는 것을 보면, 이번 여행에 대해 나름대로 잘 설득했다고 생각했던 것은 나만의 착각이었나 보다.

"후회 안 하게 해줄게. 무작정 해수욕장으로 직행해서 자리 잡고 노는 게 촌스러운 거라니까. 그게 휴가냐? 사람 구경하러 가는 거지."

잔뜩 골이 나신 세나 씨의 표정을 보니, 지금 무슨 말을 하든 간에 그녀의 기분을 맞춰주긴 그른 것 같다.

"몰라. 재미없으면 바로 텐트 사서 동해로 떠날 거야."

텐트라…… 연인과 텐트에서 바라보는 밤바다는 나름 청춘의 로망이지만, 현실은 시궁창이 따로 없다는 걸 모를 소녀의 입에서나 나올 법한 소리란 생각이 든다. 텐트에서 지내본 적이 없으니, 내가 왜 항상 휴가 때마다 펜션이나 호텔을 잡았는지 알 리가 없지.

이런 생각을 하고 있을 때 '그럴 거지?'라고 묻는 듯한 세나의 눈빛에 시열이 녀석이 얼떨결에 고개를 끄덕인다.

에휴, 저놈의 성질머리하고는. 모래 한번 치워봐라. 다신 그런 말 안 나올걸……?

딸내미들과 물놀이를 마치고 돌아올 때마다 수건을 꺼내는 아내와 함께 한숨을 쉬던 기억을 애써 지우며 세나를 달랬다.

"야, 윤세나. 어차피 내일이면 요트 타고 남해 구경할 건데, 괜히 시열이 잡지 말고 좀만 참아."

"웃겨~ 그래 봐야 고작 한두 시간 놀고 끝이잖아. 이것도 다 경비 부족해서 억지로 맞추는 거 모를 줄 알아? 안 그래, 최 총무 씨?"

얼씨구? 저리 말하는 걸 보니 나름대로 알아보긴 했나 보네. 그래서 그렇게 불만이었던 건가?

마지막 카드였던 요트를 부정하는 세나 씨의 말씀에 금세 차 안이 술렁였다.

"승민아, 아니지? 아닐 거야."

지선 씨의 눈치를 살피던 현성이 녀석이 그녀의 얼굴이 점점 굳어가자 당장에라도 멱살을 잡을 기세로 내게 물었고, 그 상황이 재미있는지 생령 씨께서 얄밉게 한마디 거들었다.

[어머! 어떡해… 여행이고 뭐고, 파투 날 것 같은 분위기인데?]

그게 걱정되는 사람 표정이냐… 하여간 이 인간은 정이 안 가요.

"설마 그럴 리가. 야, 그럴 거면 요트 타러 가자는 말도 안 꺼냈어. 승객 여러분? 내일 밤하늘은 초호화 요트 위에서 보게 되실 테니, 안심하시고 목적지에 도착할 때까지 창밖 풍경이나 즐기시죠."

"진짜? 알아보니까 이런 성수기엔 좋은 시간에 빌리는 것도 어렵다고 하던데?"

"그래서 전에 말했잖아, 세나야. 선배가 신경 써줬다고. 그러니까 이렇게 모인 것도 오랜만인데, 그만 골내서."

"내가 언제 골을 냈다고!"

"그래, 세나야. 승민이 말처럼 그만……."

눈치 없는 시열이 녀석이, 어린아이처럼 투정을 부린 것이 민망했는지 얼굴을 붉히는 세나의 심기를 건드리고 말았다.

"뭐? 박시열, 죽을래? 지금 누구 편을 드는 거야!"

"야, 둘 다 그만 좀 해라. 우리끼리도 아닌데 민망하지도 않냐?"

어느새 누그러진 차 안의 분위기를 말해주듯, 바보 커플을 달래는 현성의 입가엔 미소가 걸려 있었다.

아무튼 세나 때문에 야심차게 준비한 깜짝 서프라이즈가 그대로 공개되어 버렸구만.

*   *   *

여긴가? 한참 동안 차를 몰아 내비에 찍힌 곳에 도착하자, 앞에 화단까지 깔끔하게 정돈된 '인덕관'이란 간판이 걸린 고급스러운 건물이 보였다.

여기가 그렇게 유명하단 말이지?

"다들 내려. 점심 먹어야지. 지선 씨랑 유미 씨도 내리세요."

아무래도 이런 여행에 끼게 된 탓에 이곳까지 오는 내내 부담스러워하던 둘에게 말을 걸자, 현성이와 지훈이 녀석이 지들 애인한테 관심 끄라는 듯 눈을 부라린다.

"우리가 알아서 하니까, 예슬이나 신경 쓰시지?"

그럴 거면 말하기 전에 미리 챙기든가. 아무튼 예슬을 챙기라는 녀석들 말대로, 나와 같이 내리려는지 자리에 앉아 기다리고 있는 예슬에게 말을 건넸다.

"주차 좀 하고 들어갈 테니까, 예슬이 너도 애들이랑 먼저 들어가서 자리 잡고 있어."

"뭐야~ 괜히 기다렸잖아……."

"미안해. 애들 챙기느라 정신이 없어서 깜박했어."

토라진 듯 툴툴대는 예슬을 달래며 안전벨트를 풀어주자, 생령 씨께선 또 뭐가 마음에 안 드는지 고개를 절레절레 흔들어대며 멀어져 가는 예슬과 나를 번갈아 보며 아주 생쇼를 하신다.

[어휴, 여기 닭살 돋은 거 보여? 진짜 어지간히 하시지?]

"그러니까 집에 있지, 왜 와서 고생이야?"

[내가 이럴 줄 알았나? 정말 이럴 줄 알았으면 나도 안 왔어!]

"그렇게 싫으면 차 안에 계세요."

진절머리를 치는 그녀를 무시한 채 가게 앞에 세운 차를 다른 곳으로 주차하고 있을 때, 현성이 녀석이 헐레벌떡 이쪽으로 달려오는 게 보였다.

"왜? 설마 장사 안 한대?"

그런 건 아닌지, 고개를 저은 녀석이 숨을 몰아쉬며 어깨동무를 해온다.

"아니, 어떻게 돼가나 궁금해서 참을 수가 있어야 말이지."

"갑자기 그게 뭔 소리야?"

내 말에 빨리 말을 하라는 듯 팔에 힘을 주던 녀석이 황당한 얼굴로 이쪽을 바라봤다.

"CCTV 설치한다며? 너 설마 설치 안 한 거야?"

아… 이놈의 정신머리하고는…….

"난 또 뭐라고… 그쪽 분야로는 내로라하는 양반들한테 부탁했으니까, 빠르면 내일쯤이면 잡았다고 연락 올 거야."

"그래?"

'그래?'고 나발이고 그 스토커 씨가 당신 옆에 있어요, 이 아저씨야.

"그래, 그러니 넌 걱정 말고 여행이나 즐겨."

[그렇게 안 보이는데 현성 씨, 생각보다 겁이 많은가 봐?]

올챙이 적 생각 못 한다더니, 현성이네 집에서 질질 짜고 있던 게 말은······.

"직접 만나 보면 그런 소리 못 할걸?"

[왜?]

"왜긴? 저래 보여도 한주먹 하거든. 범인이 너란 걸 알면, 여자고 뭐고 주먹부터 날아갈걸?"

[참 나, 말하는 싸가지 하고는······. 예슬 씬 당신이 이런 사람이란 거 알고 만나는 거야?]

"먼저 싸가지 없게 말한 게 누구신데? 예슬인 왜 걸고넘어져? 막말로 너 같으면 잘 알지도 못하는 인간이 친구 욕하면 기분 좋겠냐?"

[그거 참, 미안하게 됐네!]

아휴, 그게 퍽이나 미안해하는 모습이다······.

*   *   *

"어때? 맛은 괜찮아?"

"음식이 와봐야 알겠지만, 지금까진 합격."

자리에 앉으며, 친구들에게 묻자 입맛이 까다로운 세나 씨께서 고개를 끄덕였다.

"승민아, 진짜 맛있어! 그냥 밑반찬만 먹어도 될 것 같아."

누가 천하의 박시열 아니랄까 봐. 또, 또 오버한다.

"전라도가 원래 음식 잘하기로 유명해. 그러니 다들 기대해도 좋을걸?"

그렇게 말해도 사실 메뉴라고는 떡갈비 정식 말고는 없다고 봐도 무방했기에, 모두 내 추천대로 떡갈비 정식에 대통밥을 시켰다.

"근데, 오는 길에 본 가게가 죄다 떡갈비집인 걸 보면 여긴 떡갈비가 유명한가 봐요?"

현성이 옆에서 애피타이저로 나온 호박죽을 한입 떠먹은 지선 씨가 오랜만에 입을 열었다.

"예, 춘천하면 닭갈비, 담양하면 떡갈비가 유명하다고 하더라고요."

"그래? 근데 그렇게 유명한 걸 난 왜 처음 들어보지?"

고개를 갸웃거리는 지훈이뿐만 아니라, 다른 사람들도 식사를 멈추곤 처음 듣는다는 얼굴로 이쪽을 바라봤다.

"뭐, 나도 이번 여행 준비하면서 안 거라서, 그렇게 봐도 딱히 할 말은 없는데……?"

"뭔 상관이야? 맛만 있으면 되는 거 아냐?"

"하긴 예슬이 말대로 맛만 있으면 되지."

현성이 녀석이 고개를 끄덕이며 예슬의 말에 맞장구를 치자, 금세 이야기는 다른 주제로 넘어갔다. 그리고 잠시 후, 먹기 좋게 접시에 담겨 나온 떡갈비 한 점을 입에 넣자마자, 생령 씨가 고새를 못 참고 주절주절 질문을 던졌다.

[승민 씨, 맛있어? 맛있냐고!]

아직 씹지도 않았거든… 어쩔 수 없나.

"예슬아, 맛있어?"

"응, 맛있어. 그리고 생각보다 부드럽네."

이젠 만족했나 싶어서 옆을 보니, 예슬의 떡갈비에 대한 짧은 품평이 마음에 들지 않는지, 잔뜩 볼을 부풀린 복순 씨께서 내 앞에 놓인 떡갈비를 노려보고 계셨다.

진짜, 먹다 죽은 귀신이 붙었나. 가만 보면 먹지도 못하는 게 먹을 거라면 사족을 못 쓰냐…….

"이젠 어디로 가?"

아침에 출발할 때만 해도, 못 잡아먹어서 안달이었던 세나 씨의 나긋나긋한 목소리가 들려왔다. 아무래도 점심을 먹고 다녀온 죽림원이 꽤나 마음에 들었던 모양이다.

하긴, 아무리 커플끼리 왔다곤 해도 눈치를 보던 우리들과 달리, 시열이 녀석과 떨어지는 대나무 잎을 보며 멜로 영화 한 편을 찍었으니…….

장르가 바뀌기 전에 데리고 온 것만 해도 다행이었지.

"글쎄, 마음 같아선 예전에 다녀왔던 흑산도도 구경시켜 주고 싶긴 한데, 내일 일정 생각하면 보성으로 가야지."

"보성이면? 보성 녹차 밭 말하는 거야?"

시열이 녀석이 알 정도이니, 이번엔 설명이 따로 필요 없을 것 같다. 문제는 다른 곳에서 태클이 들어왔다는 점일까?

"어머~ 흑산도면 섬이겠네~? 엄마가 남자랑 섬엔 절대로 가지 말라고 했는데."

세나의 의미심장한 말에 잔잔한 미소를 흘리면서, 아무것도 모르겠다는 듯 고개를 갸웃거리는 여인네들을 보고 있자니 어이가 없었다.

"어라? 잠깐만… 예슬이 너 이 기집애 이제 보니까, 벌써 승민이랑 섬 갔다 온 거야?"

"아니, 간 적 없는데?"

"뭐야? 그럼 최승민, 대체 누구랑 섬에 갔다 온 거야?"

그 말에 세나를 향해 민망한 말 좀 작작하라는 눈빛을 보내던 예슬이가 매섭게 이쪽을 째려봤다.

젠장. 이놈의 입이 방정이지.

"누구랑 가긴, 당연히 부모님이랑 다녀왔지."

"흐웅? 정말?"

[승민 씨, 성격상 부모님이랑 다녀왔을 것 같지는 않은데?]

딸들 맡겨놓고 마누라랑 오붓하게 다녀왔다. 됐냐?

"그럼 누구랑 다녀왔겠냐. 쓸데없는 말 할 거면 그냥 잠이나 자라. 괜히 예슬이한테 바람 넣지 말고."

"뭐, 알았어. 다음엔 예슬이랑 다녀와."

차 안에서 벌어진 잠깐의 해프닝이 끝난 뒤, 보성 녹차 밭을 다녀온 우린 근처의 여관에 묵기로 했다. 예상대로 방은 여관 주인이 반색을 하며 몇 개나 필요하냐고 물어올 정도로 넘쳐났다.

"오늘은 괜히 방 여러 개 잡지 말고 친목도 다질 겸, 그냥 남자는 남자끼리 여자는 여자끼리 자는 게 어떨까 하는데, 다들 어떻게 생각하세요?"

세나와 예슬은 그래도 괜찮겠냐며 지선 씨와 유미 씨에게 의사를 물었고, 둘은 괜찮다며 동의를 해왔다. 그런데 한 가지 문제가 있었다.

[장난해? 그럼 나는 어쩌라고?]

"뭐 어때서?"

[몰라. 그냥 빈방에서 잘래.]

"그러다 사람 들어와서 부적 잃어버리면 어쩌려고? 어차피 너도 별 상관없잖아."

[그래도 그렇잖아!]

보이지도 않고 아무도 신경도 안 쓰는데, 도대체 뭐가 그렇다는 건지……

"그럼 예슬이한테 잘 말해서 부적 좀 잠깐 맡길게."

[됐어. 어떻게 설명하려고.]

이거야 원, 완전 자기 마음대로구만.

"그럼 그만 투덜대고 들어오셔."

진이 다 빠진 채 방 안으로 들어가자, 이제 서른이 다 되어 가는 놈들이 베개를 휘두르며 여관에 민폐를 끼치고 계셨다.

[참, 이래서 남자들은 나이를 먹어도 애라고 하나 봐?]

이건 뭐, 도저히 변명할 건덕지도 생각이 나지 않는다.

"새끼들아, 진짜 쪽팔리지도 않냐?"

"왜? 여행 왔으면 이러고 노는 거지. 수학여행 온 것 같아서 좋은데, 뭐."

당연히 너야 그렇게 두드려 패니까 기분이 좋겠지. 지훈이랑 시열이 놈 표정 좀 보고 말했으면 좋겠는데. 가만 생각해 보니 웃기네. 이 자식들은 대체 2:1인데 왜 처 맞고 있어?

"뭐, 기분은 알겠는데 사장님 올라오기 전에 그만해라. 정 심심하면 술이나 사오든가?"

현성이 녀석이 술이란 말에 구미가 당겼는지, 주섬주섬 지갑을 챙겼다.

"그럼 내가 다녀올게. 쉬고 있어."

눈을 빛내는 놈을 보니 아무래도 내일 고생깨나 할 것 같다.

*   *   *

[그렇게 마셔놓고, 잘도 일찍 일어났네?]

오늘도 어김없이 생령 씨께서 가장 먼저 반겨주시는구만.

"몇 시야?"

[새벽 5시.]

"일찍 일어났네. 그냥 좀 더 잘까."

[7시에 출발한다며? 이왕 일어난 거 그냥 씻는 게 좋지 않을까?]

"누구 좋으라고?"

[그럼 자든가!]

그러게, 집에서 쉬는 게 덜 심심했을 텐데. 그런 표정 지을 거면 뭐 하러 여기까지 따라와서 고생이냐.

"됐다. 술도 깰 겸, 잠깐 동네 구경이나 하지, 뭐."

여관을 나와서 복순 씨와 함께 10분 정도 걷고 나니, 매일 얼굴을 마주보는 사이인지라 더 이상 할 말이 없었다. 괜히 발밑에 보이는 자갈을 걷어차는 걸 보면, 그녀 역시 나와 별반 다르지 않나 보다.

'이럴 바엔 들어가는 게 낫겠지?'라는 생각이 들 무렵, 그녀가 뭔가 생각난 듯 입을 열었다.

[아! 맞다. 이번에 윤… 하여튼 후배 도와준다던 거 있잖아.]

"지민이 일 말하는 거야?"

[응. 그래, 그거.]

"갑자기 그건 왜?"

[무슨 일인지 궁금해서 그러는데, 혹시 알려줄 수 있어?]

『다시 한 번』 5권에 계속…

검자 新무협 판타지 소설
FANTASTIC ORIENTAL HEROES

목탁

해적으로 바다를 누비던 청년,
절해고도에 표류해… 절대고수를 만나다!

"목탁은 중생을 구제하는
좋은 이름일세"

더 이상 조무래기 해적은 없다!
거칠지만 다정하고, 가슴속 뜨거운 것을 품은

목탁의 호호탕탕 강호행에
무림이 요동친다!

사략함대 장편소설

FUSION FANTASTIC STORY

법보다 주먹!

2016년 대한민국을 뒤흔들 거대한 폭풍이 온다!

『법보다 주먹!』

깡으로, 악으로 밤의 세계를 살아가던 박동철.
그는 어느 날 싱크홀에 빠진다.

정신을 차린 박동철의 시야에 들어온 건 고등학교 교실.
그리고 그에게 걸려온 의문의 ARS는 그를 새로운 인생으로 이끄는데……

빈익빈 부익부가 팽배한 세상, 썩어버린 세상을 타파하라!

법이 안 된다면 주먹으로!
대한민국을 뒤바꿀 검사 박동철의 전설이 시작된다!

Book Publishing CHUNGEORAM